LA CONGREGACIÓN

A. J. GRIFFITHS-JONES

Traducido por
PRISCILA ALVARADO

PARA DEANY & SARAH

Nota de la autora

La inspiración para este libro apareció durante unas vacaciones con unos buenos amigos, mientras charlábamos junto a la piscina sobre cómo algunas personas parecen cargar con el mundo sobre sus hombros. Gracias a Sarah Locker y a Paul Dean, mis coconspiradores en las etapas de desarrollo.

Nunca es fácil crear personajes ficticios cuando la vida está llena de personas llenas de vida y color. Todo el tiempo me reúno con amigos que me cuentan divertidos secretos familiares o que tienen una idea sobre una loca saga para mi trabajo, pero la mayor parte del tiempo solo creo mi pueblo imaginario y lentamente moldeo los personajes uno por uno. Son las personas ficticias quienes cuentan los secretos, a veces ellos saben qué es lo que se está formando frente a ellos, lo cual es una señal de ellos han tomado el control y el libro ya no es mío.

"La congregación" trata con temas mucho más profundos que los que he incluido antes en mi escritura, pero esto se debe a la década en la cual se ubica la novela.

Esta era una época en la que las personas empezaban a ser más abiertas, hablaban más y tenían menos secretos sobre sus complejos. También escogí que mi personaje clave fuera un miembro del clérigo, alguien en quien la comunidad debería poder depender en su momento de necesidad. La Iglesia jugó un papel importante en mi propia infancia y esta evoca una miríada de recuerdos.

Una vez más, mi talentosa tía, Sylvia Caswell, creó la increíble portada en óleo. Ella parece ser capaz de capturar el humor de mis libros a la perfección, agregando misterio e intriga a sus maravillosas pinturas y un fabuloso fondo para la historia a desarrollar.

Mi esposo, Dave, sigue aquí, aguantando mis desapariciones repentinas y los momentos de inspiración en los que me encierro en mi estudio y escribo hasta entrada la noche. Nunca me juzga y siempre me apoya, tanto de forma emocional como física cuando me trae tazas de café negro bien fuerte. Con el crecimiento de mi saga, tengo muchas personas a quienes agradecerles por estar conmigo en este viaje. Para un autor, nunca es fácil hacer crecer su grupo de seguidores, pero hay dos personas en particular que han sido una parte esencial de mi éxito. Susie Ballinger y Peter Coombes son una increíble pareja que conocí en mis viajes a Gloucestershire. Este par han sido los instigadores de un club en línea llamado "Amamos los libros de A.J", el cual le permite a mis lectores discutir sus personajes favoritos, compartir fotografías y pasarla bien en general. Susie y Peter, los quiero un montón, ¡aunque los dos estén locos!

A todos los que han leído "Los aldeanos" y "Los costeros", les agradezco su amabilidad y apoyo, y ansío compartir más historias de secretos, personajes peculiares y tazas de té con todos.

A los lectores en el extranjero, por favor tomen en cuenta que mis libros contienen expresiones locales y frases del inglés británico.

Prólogo

Al crear los personajes que encontrarán en este ficticio pueblo minero, mi mente se vio atraída hacia mi juventud en la Inglaterra de la década de 1970, cuando el gusto por los pantalones acampanados estaba de moda y los cuellos amplios y la música disco abundaban. Era una época de cambio, cuando los autos de motor y los televisores eran más accesibles para la clase trabajadora y se promovía la libertad de expresión en todos los espacios de la vida. En esta década se compraban las casas en lugar de rentarlas y la nueva fiebre por la comida empaquetada empezaba a tomar posesión de la nación.

Decidí ubicar esta novela en particular en 1975, un momento significativo para los mineros en Gran Bretaña, ya que fue el año en que recibieron un aumento del 35% por parte del Gobierno, para así igualar sus salarios al salario mínimo. Las bebidas corrían y había un gran sentido de comunidad en toda el área. Los accidentes en las minas disminuían gracias a las nuevas leyes de seguridad impuestas y la amenaza de cierre ya no era inminente.

Fue un año de celebración mientras una joven Margaret Thatcher, la hija de un verdulero, se convertía en la primera mujer en ser líder de un partido político, mostrándoles a las mujeres que podían lograr todo con determinación y esfuerzo. Había más mujeres buscando profesiones en lugar de quedándose en casa, y nació una nueva generación de activistas por los derechos animales, activistas en contra de la guerra y protestantes por la libertad de expresión. Sin embargo, este también demostró ser un año en el cual el país experimentó una increíble tristeza por los bombardeos del Ejército Republicano Irlandés (IRA) que acabaron con tantas vidas inocentes y por el control temporal que tuvo el miedo sobre el país, en especial en y alrededor de nuestras grandes ciudades. Pero nada podía desalentar a las personas de la nación mientras celebraban el cumpleaños de la Realeza, la noche de Guy Fawkes, Halloween y cada evento religioso.

Al conjurar mis personajes, realicé un recorrido por mis recuerdos, revisando las viejas fotografías para capturar la moda y los peinados de la era, los lugares que recorrimos en todo el país y los icónicos sonidos que causaron que la década de 1970 fuera una época tan despreocupada y evocativa. Recuerdo ir a bodas y bautizos en los que las invitadas usaban amplios sombreros y los invitados alardeaban sus zapatos de plataforma.

En todo el país, las personas se enorgullecían por sus nuevos y modernos hogares, pintaban sus paredes con colores brillantes, cortaban el césped y subían sus escaleras para limpiar las ventanas hasta que brillaban con la luz del sol. Sí, en esos días veíamos el sol, a pesar de la mala reputación de Inglaterra y su niebla y lluvia. Teníamos largos veranos, noches frescas e inviernos en los que la nieve caía tanto que nuestros padres se veían obligados a construirnos trineos para deslizarnos sobre las colinas. Esos son los días que recuerdo.

UNO

El vicario

Archie Matthews estaba sentado en el tren viendo hacia afuera. El paisaje había cambiado del soleado cielo invernal a una espesa niebla grisácea que se acentuaba sobre las colinas como una sábana sucia. Limpió la ventana empañada con la manga de su abrigo de lana y deseó haber traído su termo de té para el viaje. Su bolsa con emparedados de queso y pepinillos permanecía intacta sobre la mesa frente a él, mientras el pasajero al otro lado la veía con interés. Archie la empujó con un dedo.

—Adelante —dijo con un suspiro—. Nos los comeré.

El hombre solo tardó un segundo antes de remover el plástico y morder con ansías el pan blando. Archie sacudió la cabeza y regresó su mirada al paisaje. Podía ver espacios llenos de vida, pequeños pueblos, campos ovejeros, granjas lecheras, pero ningún rastro aún del ocupado pueblo minero a donde iba. El resonar del tren en movimiento le causaba nauseas, por lo que sacó una menta de su bolsillo y la metió en su boca antes de que alguien pudiera notarlo. Solo faltaba media hora para llegar a su destino. No se regocijó con esta idea para nada; de hecho, esta le causó una sensación de miedo en su interior, la cual le resultaba extrañamente familiar.

Cuando el tren se detuvo con una sacudida, Archie se inclinó para revisar que el nombre en el letrero de la plataforma era el mismo que estaba en la carta que había recibido, por desgracia lo era. Se encaminó hacia el portaequipaje y, con un rápido movimiento, removió sus pesadas maletas de donde las había dejado por las últimas horas. Su espalda dolía, una punzada constante que nunca desaparecía, pero el orgullo no le permitía mostrar su dolor en el rostro para los demás pasajeros.

Un mozo con un traje formal abrió la puerta del carrito, y Archie se bajó a la acera y miró alrededor. La estación era lo bastante agradable, había una cafetería, una oficina de tiquetes abierta, una sala de espera, lavabos y una oficina de equipaje perdido, todas las instalaciones que un viajero moderno podía necesitar. Volvió a ver el nombre del pueblo, claro sobre un letrero en blanco y negro, colgado contra una pared de ladrillo rojo de la estación. Fue entonces cuando lo notó por primera vez. Polvo de carbón.

—¿Reverendo Matthews? —llamó una voz—. Vine a buscarlo.

Archie se giró, tocó su cuello de clérigo por hábito y se preguntó por cuánto tiempo permanecería blanco en este negro y carbonoso pueblo.

Un hombre alto y delgado con una pesada chaqueta y un sombrero plano se encaminó hacia él, con una sonrisa como si supiera alguna broma secreta. Llevaba una gruesa bufanda marrón apretada alrededor del cuello, la cual le daba la apariencia de tener un cuello dos veces más largo de lo normal. Parecía tener unos cincuenta y cinco años, mientras fumaba un cigarrillo.

—Martin Fry —anunció—. Un placer conocerlo, vicario.

Archie dejó una maleta sobre el suelo de la plataforma con cuidado y le ofreció su mano.

—Hola, señor Fry.

—Oh, llámeme Martin, por favor. —El hombre rio, tomó la agarradera de la maleta y la levantó—. Vaya, ¿qué tiene aquí, un fregadero?

Archie abrió la boca para hablar, pero parecía como si el Sr. Fry no estuviera esperando una respuesta a su pregunta, ya que ya había empezado a alejarse, sus largos brazos causaban que la maleta rozara el suelo.

—Ahí está el coche, vicario, vamos.

Archie aceleró sus pasos y siguió al jovial hombre hacia el estacionamiento, donde había varios vehículos en fila junto a una cerca. Tosió cuando inhaló la primera bocanada de polvo de carbón, lo que causó que se detuviera por unos segundos. Su interior ardió de una forma que nunca había experimentado antes.

—Ja, se acostumbrará pronto —anunció Martin Fry, mientras abría el maletero de un Ford Cortina verde brillante con un techo de vinil negro—. Deje su maleta aquí.

Archie hizo lo que le dijo y esperó a que su compañero abriera la puerta del pasajero. En cuanto se subió, no pudo evitar notar lo limpio que estaba el interior. El tablero, los controles, las alfombras y los asientos traseros estaban inmaculados. Había un olor a cera para muebles y el vicario se preguntó si Martin Fry era tan fastidioso sobre su hogar como sobre su carro.

—Bien, entonces, vamos a llevarlo a la vicaría. —El Sr. Fry sonrió—. Liz le llenó la alacena y está preparando el almuerzo mientras hablamos.

—¿Liz? —inquirió Archie, preguntándose por qué había alguien en su nuevo hogar.

—Mi esposa, Liz —aclaró Martin—. Mi mujer es su ama de llaves.

—¿Tengo una ama de llaves?

—Vaya, ¿el obispo suyo no le dijo nada? —Fue la respuesta.

Mientras el carro aceleraba por el pueblo, Archie Matthews se aferró al borde de su asiento. No quería decirle nada al conductor, pero en secreto tenía miedo por su vida. Cuando se detuvieron de golpe frente a un grupo de semáforos, el alto hombre a su lado se giró para continuar la conversación.

—Entonces, ¿desde dónde tuvo que venir?

Era una pregunta directa, una que incomodaba al vicario, pero apretó sus labios en busca de una respuesta.

—Cuatro horas —replicó—. Desde el norte.

Martin Fry asintió, intentando mantener su atención en la luz color ámbar mientras observaba el sólido cuerpo de Archie.

—Es un buen lugar para vivir —declaró—. Está lleno de personas honestas y trabajadoras.

—Eso es prometedor —contestó Archie, mirando a los pueblerinos recorrer las calles mientras estaba inmóvil frente a las luces—. ¿Y todos los residentes van a la iglesia?

Martin Fry cambió la marcha en cuanto la luz verde empezó a brillar con una amplia sonrisa en su rostro.

—Eso diría yo —estableció con una risa—. Estará bastante ocupado, sin duda.

Archie no sabía qué decir después de eso, por lo que se recostó contra su asiento, permitiendo que su escolta se encargara de la conversación, papel con el que parecía feliz. Martin Fry era un hombre hospitalario e indicaba los principales lugares de interés mientras conducía su automóvil por las ocupadas calles. Aunque la información era útil, Archie se concentró en cómo llegar a su destino, donde esperaba poder conseguir un baño caliente, luego de identificar el consultorio del médico, la biblioteca, el supermercado y el parque. Pensó con remordimiento en su último hogar, una pequeña y moderna vicaría con todas las necesidades, donde había logrado vivir con comodidad en silencioso aislamiento. Esperaba que su nueva residencia presentara todas las comodidades.

Aceleraron frente a una amplia entrada, donde los enormes ejes de una mina de carbón permanecían fríos e inmóviles.

—¿Ve la cumbre de esa colina, ahí arriba? —preguntó Martin Fry, sacando al vicario de sus pensamientos—. Bueno, vamos hacia ahí.

Archie podía ver la aguja de la iglesia y la extensión del cementerio más allá. Se veía espeluznante.

—Claro —logró balbucear—. Parece un edificio bastante grande.

Mientras se acercaban a la iglesia, el vicario quedó aturdido por la grandeza del lugar. Era obvio que era normando, pensó, con una torre rectangular y gárgolas decorando cada esquina del edificio principal. Había dos entradas, notó, mientras conducían frente a la entrada principal y giraban por un camino lateral para revelar una más pequeña rodeada por tejos.

—Llegamos —anunció Martin Fry, interrumpiendo los pensamientos del clérigo—. Bienvenido a su nuevo hogar, vicario.

Archie estaba tan ocupado asimilando la iglesia y el terreno que no había notado otro par de puertas de madera al lado opuesto del camino. Al otro lado, mientras el Sr. Fry maniobrara el auto hacia el camino de grava, un enorme edificio de piedra apareció a la vista. Él pudo ver por la expresión en el rostro del vicario que esto no era lo que estaba esperando.

—Yo llevaré sus maletas mientras revisa el lugar —ofreció, dejando a Archie para que se bajara del carro y se dirigiera al capó por cuenta propia, donde se quedó observando maravillado por un rato. La vicaría era enorme, con al menos siete dormitorios, tal vez más, y según la cantidad de ventanas en el frente de la casa, Archie supo que andaría desconcertado por el interior como un huérfano abandonado. Bajó su mirada a sus manos desnudas, las cuales empezaban a tornarse azules.

—Se va a morir ahí afuera, vicario —llamó una voz de mujer desde la puerta de entrada—. Venga adentro.

Archie Matthews obedeció y se puso en marcha sobre las crujientes rocas hasta llegar a la puerta de paneles oscuros. Seguía preguntándose qué hacía aquí, en este lugar, con estas personas.

—Es un placer conocerlo, Reverendo Matthews —exclamó la mujer—. Soy Elizabeth Fry.

—Hola, señora Fry —replicó Archie—, no sabía que el Obispo había conseguido, ah, ayuda.

La mujer resopló como si estuviera lista para encargarse de la situación y explicó lo que hacía con rapidez.

—Llevo aquí treinta años —empezó—. Limpié, cociné y lavé para los últimos dos vicarios, sin quejarme. Estaré aquí de nueve a cuatro, todos los días, excepto los domingos, claro. Necesito la tarde del sábado libre cada dos semanas para visitar a mi hermana, pero estoy segura de que eso no será un problema, ¿cierto, Reverendo?

Archie negó con la cabeza y entró.

—No, no será ningún problema, señora Fry.

El pasillo de entrada era tan increíble como el exterior del edificio. Un suelo de parqué se extendía por toda la estancia, con un largo corredor que llevaba a la izquierda, mientras que a la derecha había una escalera de roble que desaparecía el piso superior hacia las numerosas habitaciones arriba. Archie inhaló.

—¿Y dónde vive, señora Fry?

—En la cabaña al otro lado —replicó, señalando hacia la derecha mientras cerraba la pesada puerta—. No estamos lejos por si llega a necesitar algo.

Archie soltó un suspiro de alivio, uno que debió ser visible para su nueva ama de llaves cuando sus hombros descendieron varios centímetros y su rojo se sonrojó. No era la proximidad de la casa de la pareja lo que lo reconfortó, sino la satisfacción de saber que podía pasar las noches solo, lejos del centro de atención. Entre más solitaria fuera su existencia, mejor sería, pensó Archie.

La Sra. Fry lo estaba guiando por el corredor, mientras abría puertas y le mostraba cada habitación. Hubo un golpe arriba, lo cual causó que el vicario levantara la mirada, pero luego recapacitó que era Martin con sus maletas. Al final del pasillo, el ama de llaves giró hacia la izquierda, revelando una brillante cocina moderna, amueblada con unidades blancas de Formica y una amplia estufa Aga negra. En el centro había una larga isla, la cual generaba una sensación de comodidad. En la mesa estaban los periódicos diarios y un pichel con ramas de rosa mosqueta.

Archie se quitó su chaqueta, sintiendo la humedad que se había acumulado por la niebla, y la dejó sobre el respaldar de una silla junto a la estufa para que se secara. Por primera vez estaba en una habitación lo suficientemente brillante como para ver a la Sra. Fry.

—Déjeme prepararle una taza de té —decía la Sra.

Fry, moviendo tazas y llenando la tetera——. Nos vamos a entretener tanto conociéndonos.

—Mmm, en efecto —farfulló Archie mientras la veía moverse por la cocina——. Un té sería agradable.

Podía ver que Elizabeth Fry parecía tener la misma edad que su esposo, entre los cincuenta y los cincuenta y cinco supuso, lo cual era parecido a su propia edad. Solo era unos centímetros más baja que él, una mujer alta con una figura definida. Era obvio que los años habían sido generosos con el ama de llaves, ya que solo tenía unas pocas líneas en su rostro, aunque era probable que los años horneando habían agregado centímetros a su cintura. Usaba ajustados pantalones de poliéster marrón que se acampanaban un poco en el dobladillo y combinaban a la perfección con un chaleco tejido, por debajo usaba un abrigo color crema con cuello polo. Archie se preguntó si los Fry tenían hijos, pero fue un pensamiento pasajero, no quería preguntar y de verdad no le interesaba.

—¿Azúcar y leche, Reverendo Matthews?

Negó con la cabeza.

—Solo una gota de leche, por favor, señora Fry. Gracias.

Archie empezó a notar qué tan cansado estaba por su largo viaje y movió una silla para sentarse. Lo que más quería era estar solo.

—Sabe, puedo cuidar de mí mismo por lo que resta del día —dijo con lentitud mientras reprimía un bostezo——. Si necesita ir a casa, por favor hágalo, señora Fry.

—¿Le gustaría que le traiga una cena caliente más tarde? —preguntó la mujer con amabilidad——. Prepararemos un estofado de conejo y es bienvenido a comer un tazón.

—No, en serio, nada para mí.

La señora Fry tomó un plato de la encimera. Estaba

cubierto con otro plato con el mismo diseño, reveló una colección de emparedados cuando removió el plato superior.

—Oh. —Archie inhaló, pensando en su paquete abandonado de emparedados en el tren—. No debió molestarse, en serio.

—Tonterías, para eso estoy aquí vicario. —Elizabeth Fry sonrió—. ¿Tal vez le gustaría que traiga el té y los emparedados a la sala de estar?

Archie asintió, demasiado cansado como para discutir y demasiado abrumado por la amabilidad como para negarse. Pensó sobre su último hogar y el constante fisgoneo de la mujer encargada de la limpieza, quien se negaba a cocinar, solo limpiaba las superficies claramente visibles para ella y tenía que recordarle con frecuencia que los papeles privados en su estudio no debían convertirse en el tema de sus cotilleos. La Sra. Fry parecía demasiado buena como para ser cierto. Aun así, Archie era un hombre de necesidades simples y dudaba que necesitara que su nueva ama de llaves hiciera mucho más que mantener esta enorme vicaria limpia.

Mientras se encaminaban por el pasillo hacia la sala de estar, Elizabeth Fry estaba guiando el camino, Archie se sintió como un estudiante encaminándose hacia la oficina del director. Había sido un día irreal.

—Lo dejaré ahora, si está seguro de que no necesita nada —susurró el ama de llaves—. Descanse.

—Sin duda lo veré mañana —llamó su esposo desde la entrada—. Las maletas están arriba.

—Gracias —replicó Archie, sintiendo una punzada en su espalda mientras se sentaba en la silla—. Buenas noches.

Archie abrió sus ojos varias horas después. Intentó ajustar sus ojos a la oscuridad, mirando alrededor por algo familiar pero, claro, nada era conocido. Había un fino rayo de luz de luna entrando por la ventana, y con este podía discernir el contorno de un par de sofás y una estantería. Detrás de la silla donde estaba sentado había un gran reloj, el péndulo resonaba mientras se mecía de un lado a otro, causando que el vicario se preguntaba cómo había dormido con todo ese ruido.

Mientras recobraba el sentido, Archie descubrió algo muy grande y pesado sobre su regazo, algo que sabía no estaba ahí cuando se quedó dormido. Bajó una mano con cuidado para sentir el origen de la presión sobre sus piernas y, en cuanto lo hizo, un alto ronroneo empezó a sonar. Sin mover la mano en contacto con el animal, Archie estiró su mano izquierda y encendió la lámpara, llenando la habitación de luz.

Bajó la mirada. Un enorme par de ojos verdes lo observaban desde el cuerpo del más grande gato negro que había visto nunca.

—Hola, minino —susurró Archie—. ¿Qué haces aquí?

El gato bostezó con fuerza y estiró sus patas delanteras sobre las rodillas del vicario. Era obvio que no tenía intención de moverse en el futuro próximo. Con cuidado levantó al animal sujetándolo desde el peludo estómago y lo dejó en el suelo para levantarse y estirar las piernas con la fuerza de recuperar la sensación. El gato lo miró con curiosidad.

—Vamos. —El clérigo sonrió—. Vamos a ver si podemos encontrar algo para comer.

Archie tomó la bandeja con el frío té y los emparedados viejos de la mesa frente a él, abrió la puerta de la sala de estar y arrastró los pies por el corredor, con cuidado de no pisar al gato. El corredor estaba en completa oscuridad y le tomó varios pasos cautelosos encontrar el interruptor para así poder caminar hasta encontrar la cocina. El enorme felino caminaba con diligencia frente a él, guiando el camino.

Luego de tirar el té en el fregadero, Archie abrió los emparedados con cuidado para revelar rebanadas de jamón, las cuales le dio, a ratos, a su nuevo amigo. El gato estaba encantado con su inesperada merienda y, entre mordidas, restregaba su cuerpo contra las piernas del hombre mientras maullaba. Con la criatura llena, Archie dirigió su atención a sus propias necesidades. Revisó su reloj y vio que ya era medianoche. Lo primero en su lista era una taza de algo caliente, ya que su última taza de té fue hace casi ocho horas. ¿De verdad había dormido tanto tiempo? No se sentí refrescado a pesar de las horas de sueño, el vicario notó que su cuerpo debía haber estado bastante cansado para haberle permitido tanto descanso. Una gran despensa estaba en la esquina, llamando la atención de Archie. Esperaba que la Sra. Fry hubiese sido lo suficientemente amable como para llenarla con provisiones. Abrió una de las puertas de la despensa y observó el interior, esperando que algo llamara la atención de sus papilas gustativas. Y ahí estaba, el alimento preciso que lo sustentaría hasta el desayuno, una lata de cremoso pudín de arroz Ambrosia.

El vicario buscó en un cajón cercano hasta que encontró un abrelatas y, retirando la tapa, tomó una cuchara y empezó a comer. Aunque estaba fríc, el dulce del postre satisfizo el antojo de Archie y no dejó de comer hasta que la lata estuvo vacía. Unió sus labios y se acercó a la tetera para preparar su té, la lata en su mano mientras caminaba. Estaba consciente de los grandes ojos verdes sobre él, el Reverendo Matthews miró al enorme gato, el cual ahora estaba sentado sobre una silla, y luego de regreso a los sobros del pudín de arroz.

—¿Qué? —Rio—. ¿Quieres un poco?

El gato no se movió, solo se lamió los labios con anticipación. Archie pasó su dedo índice contra la lata, recolectando tanta salsa como pudo. Se inclinó y le dio la crema al peludo gato, quien atacó el dedo del vicario hasta que lo limpió.

—Creo que nos vamos a llevar bien, ¿bien? —Sonrió.

Archie caminó por el pasillo hasta la amplia escalera de roble con su té en la mano, mientras caminaba apagaba y encendía las luces que se encontraba de forma metódica. No tenía ni idea hacia dónde iba o en cuál de todos los dormitorios estaba su equipaje, por lo que abrió la primera puerta que se encontró al final de las escaleras. Por suerte, este parecía ser el dormitorio principal, con una enorme cama que se apoderaba de la mayoría de la pared más lejana. Los muebles parecían demasiado baratos y florales para los gustos de Archie, pero, al sentarse, descubrió que el colchón era excepcionalmente suave y, no solo eso, había un amplio armario, además de un gran baño adjunto.

El vicario abrió una de sus valijas y sacó un par de pijamas de tartán y se dirigió al baño para cambiarse. Cuando estuvo listo para irse a la cama, se dirigió hacia la ventana para cerrar las cortinas. La luna brillaba con mayor intensidad y podía ver una constante caída de nieve aferrarse a la ventana. Había sido un frío invierno y Archie se estremeció ante la idea de pasar sus noches en esta vieja y helada casa. Se metió en la cama y se cubrió con las mantas. Hubo un ligero ruido sordo a su lado y luego sintió el empujón de un enorme gato negro a su lado, como si este intentara mantenerse caliente.

A la mañana siguiente, el Reverendo Matthews se levantó al amanecer. Al haber dormido lo suficiente la tarde y noche anteriores, estaba preparado para explorar el área y desempacar sus pertenencias. Se bañó y vistió con sus pantalones de poliéster y una camisa clerical color gris con su blanco cuello rígido a la vista en su lugar. Archie se vio en el espejo y se sorprendió al notar que se veía descansado y alerta, las usuales ojeras bajo sus ojos habían disminuido y su piel tenía un ligero tono rosa.

El contenido de sus maletas era bastante pero simple. La primera contenía su ropa clerical, una gran Biblia encuadernada en cuero y un libro de himnos, mientras que la segunda cargaba su ropa casual, sandalias, una bata caliente y varios ítems personales como un kit para rasurarse, unas pocas fotografías enmarcadas y algunas novelas clásicas. Luego de colocar su fotografía favorita en la mesita de noche junto a su cama, una foto de su hermano y él cuando eran adolescentes, Archie investigó el resto de los dormitorios antes de dirigirse hacia la cocina por una taza de té.

El monstruoso gato ya había llegado y observaba al vicario en anticipación por su comida. Una alacena cerca del fregadero reveló varias latas de alimento para gato y, luego de buscar por un tazón, Archie extrajo la mitad del contenido de la lata para el ansioso felino. Tenía una extraña sensación sobre el gato, aunque era una bastante positiva; era como si la criatura quisiera reconfortarlo y cuidarlo.

El vicario se quedó viendo hacia el exterior a través de la ventana sobre el fregadero. Podía ver la torre de la iglesia frente a él y un amplio campo hacia la derecha. A la distancia había una pequeña cabaña de piedra cubierta de nieve, preciosa contra un sombrío fondo. Se preguntó si ahí era donde vivía Elizabeth Fry y su familia. Un fino hilo de humo salía de la chimenea de la cabaña y podía ver la diminuta figura de un perro corriendo por el jardín. Parecería un lugar agradable donde vivir.

A las nueve en punto, como lo prometió, la Sra. Fry entró por la puerta trasera, se quitó sus botas cubiertas de nieve con cuidado y colgó su chaqueta y bufanda. Sonrió ampliamente y se frotó las manos.

—Buenos días, Reverendo Matthews —saludó—. Hace bastante frío afuera, ¿le gustaría que encendiera la chimenea en el estudio por usted?

Archie pensó por un momento.

—No espero trabajar mucho aún, señora Fry, al menos hasta que me ubique.

—Mañana es sábado —le recordó el ama de llaves—. Por lo que tendrá el primer servicio el domingo.

Archie se quedó sorprendido por un momento. Tomó el periódico que seguía en la mesa desde el día anterior y vio que leía "Jueves 2 de enero, 1975". Por supuesto, se regañó, debido al Año Nuevo había viajado a media semana y ahora solo tenía un par de días para preparar su sermón. Elizabeth Fry ahora estaba junto a la encimera, moviendo la perilla del radio transistor, el cual crujió y chilló hasta que encontró una señal clara. Archie se encogió cuando los tonos dulces de *"Bye Bye Baby"* de Bay City Rollers empezaron a sonar.

—La chimenea encendida en el estudio sería bastante agradable —replicó—. Ahm, ¿dónde está el estudio, señora Fry?

Tan pronto como abrió la puerta, Archie sintió que acababa de encontrar una habitación donde podría pasar tiempo concentrado en cuestiones de la iglesia y donde también podría disfrutar de su soledad, lejos de cualquier ruido.

—El Reverendo Wilton-Hayes dejó muchos de sus libros —decía Elizabeth Fry, moviendo su mano hacia los altos estantes en una alcoba junto a la chimenea—. Tiene bastante para leer.

1archie tomó un pesado volumen azul oscuro y leyó el título en el lomo. "Medicina familiar".

—Bueno, tal vez no ese —bufó el ama de llaves—. Aquí hay algunas buenas historias.

El vicario devolvió el pesado libro y se dirigió hacia el sólido escritorio de roble frente a las enormes ventanas francesas que daban a una amplia extensión de terreno. Había una silla a juego sobre una base giratoria y sobre el secante de cuero había una carta dirigida al "Rev. Matthews".

La Sra. Fry era una mujer discreta y sabía cuándo ya no la necesitaban, encendió un fósforo contra una hoja de papel periódico arrugada, ramas pequeñas y carbón en la chimenea; al terminar se dirigió hacia la puerta y se detuvo por un momento.

—La traeré su café en un momento —prometió—. Y algunas galletas.

Antes de que Archie pudiera responder, la puerta se cerró y se halló solo. Miró hacia el brillante sobre blanco en su mano. La escritura era fina y garabateada, como si el autor lo hubiese escrito apurado o, lo más probable, como si lo hubiera escrito como una idea tardía antes de irse. Abrió el cajón superior del escritorio y buscó en el interior por un abrecartas, pero el espacio estaba vacío, lo que le obligó a rasgar el sello con la mano. Había una única hoja de papel dentro, pero le tomó varios segundos poder descifrar los irregulares trazos y lograr comprender el contenido.

"Para mi sucesor,

Le deseo lo mejor en este sombrío aunque hermoso, pueblo. Las personas son buenas y encontrara sus bancos a rebosar con ansiosos feligreses para el Servicio del domingo. No obstante, recuerde que al aceptar este nuevo rebaño, su vida estará llena de desafíos y detrás de cada puerta encontrará oscuros y misteriosos secretos, incluyendo este. Le he dejado notas, léalas con atención y siempre mantenga al todopoderoso Dios a su lado. Buena suerte.

Atentamente,

Reverendo Tobias Wilton-Hayes"

Archie sintió una gota de sudor, o tal vez era miedo, bajar su espalda y desaparecer en la cintura de sus pantalones. Volvió a leer la nota, revisando la curvada escritura en caso de que hubiese leído mal o malinterpretado las palabras. No, sin duda era un tipo de advertencia críptica.

Hubo un suave golpe a la puerta, y la Sra. Fry apareció con una bandeja con café y galletas.

—Lo siento, vicario —jadeó al ver las pálidas mejillas de Archie—. ¿Aún tiene frío?

—No, no. Estoy bien, gracias —logró balbucear, arrugando la carta y tirándola al fuego—. Aquí, permítame quitarle esto de las manos.

—Más tarde le enseñaré cómo usar la calefacción y el agua caliente —le ofreció Elizabeth—. Debió haber estado helado cuando se levantó esta mañana.

—Gracias. —Archie asintió, guiándola hacia la puerta—. Ahora, si no le molesta, tengo que ponerme a trabajar.

—No es ningún problema, si necesita algo estaré arriba limpiando.

—Muy bien —respondió cortante—. Pero ¿le importaría no entrar a mi dormitorio, señora Fry?

—Como guste, vicario —replicó la mujer; inhaló con lentitud y miró a su nuevo empleador con una expresión confundida—. Si así lo desea.

—Sí, así es, señora Fry. Estoy seguro.

Tan pronto como la mujer se alejó por segunda vez esa mañana, Archie se giró hacia el escritorio y empezó a revisar los cajones por las notas referidas en la extraña carta.

No estaban en los cajones superiores, ni en los del medio, y tampoco en los inferiores. El clérigo estaba desconcertado.

No obstante, luego de sacar cada cajón por completo, se encontró sobre sus manos y rodillas revisando el interior del armazón del escritorio; el calor en aumento de la chimenea le calentaba la base de la espalda, lo cual se sentía bastante agradable. Archie deslizó la mano derecho por el panel trasero, mientras mantenía el equilibrio con la izquierda, y poco a poco empezó a revisar todo el largo del escritorio. Luego de unos minutos de búsqueda inútil, salió de debajo del escritorio como si fuera un cangrejo humano y se apoyó sobre sus rodillas, maldiciendo cuando su espalda crujió con fuerza por el repentino movimiento.

—Rayos —gritó—. ¿Dónde está?

Hubo otro repentino golpe en la puerta y la perilla se movió.

—¿Está bien, Reverendo? —preguntó una voz masculina. El rostro de Martin Fry apareció, tan alegre como siempre, a pesar de la preocupación por las palabras del vicario.

—Sí, sí. Todo está bien.

El Sr. Fry entró al estudio sin invitación y dejó un puñado de troncos en la chimenea.

—Veo que ya encontró la carta, entonces —husmeó.

Archie levantó las cejas, se sentía avergonzado por el desastre de cajones, los cuales estaban desordenados alrededor de él, y curioso sobre cómo el hombre sabía sobre la carta.

—Está aquí arriba —le dijo Martin; con cuidado estiró una mano hacia las repisas superiores de la estantería y tomó un diario encuadernado de negro.

Archie estaba demasiado atónito como para decir algo, por lo que, en su lugar, tomó el libro de la mano del esposo del ama de llaves y revisó la portada sin título en silencio.

Abrió la cubierta y observó las pesadas letras. Había un simple título.

"La Congregación".

DOS

El doctor y la Sra. Evans

Al día siguiente, luego de una noche de dar vueltas y vueltas, Archie se despertó con el sonido de un suave ronroneo. Debido a la distracción con el diario de su predecesor el día anterior, había olvidado preguntarle a la Sra. Fry sobre el extraño gato que ahora ocupaba una gran porción de su cama. Aun así, era reconfortante tenerlo ahí.

Luego de un largo baño caliente, ahora que le habían explicado cómo funcionaba el sistema de calentamiento, Archie se puso un grueso suéter azul sobre su camisa clerical y bajó las escaleras con el gato corriendo frente a él. La casa era oscura y espeluznante al amanecer, con sombras en los pasillos, y no pudo evitar preguntarse por las personas que habían llenado estas habitaciones años atrás. Había leído un poco de historia sobre el pueblo y su industria minera, la iglesia por supuesto estaba bien documentada, pero no se había registrado mucho sobre la vicaría. Archie pretendía descubrirlo, pero primero debía tomar los primeros pasos dentro del cual sería su nuevo lugar de trabajo y adoración. Y así, luego de comer una tostada con una taza de té, el vicario alimentó al felino negro y se cubrió con su pesado abrigo de lana y su bufanda.

De pie ante las puertas del cementerio, con sus pies cubiertos con una ligera capa de nieve, Archie se quedó inmóvil admirando el detallado trabajo artesanal con el que se había creado la hermosa aguja, las imágenes surreales en las ventanas teñidas y las amenazantes gárgolas de piedra que se burlaban de él desde los desagües en el tejado. Siempre había estado fascinado por las expresiones en sus grotescos rostros e incluso tenía una pequeña colección de fotografías de gárgolas tomadas cuando era un niño con su amada Box Brownie.

El Reverendo Matthews respiró hondo, levantó el firme cerrojo en la puerta arqueada de la iglesia y entró. El pórtico externo consistía de un banco de madera a cada lado, donde se habían apilado los libros de himnos con cuidado. Sobre el banco a la izquierda, había un amplio tablón de corcho con las distintas actividades como la obra de Navidad, una noche de juegos y un pequeño póster que anunciaba un café matutino. Todos estaban desactualizados.

Al abrir la puerta interna, Archie se encontró en la iglesia más hermosa que había visto. El suelo estaba hecho de enormes losas grises que sin duda databan de la época cuando los normandos habían estado aquí y se había construido una amplia pila de piedra al final del pasillo. Archie hizo una mueca cuando pensó en realizar bautizos. No era un gran admirador de niños, aunque estos siempre parecían encariñarse con él. El último bebé cuya cabeza había ungido se había molestado bastante y orinó sobre la sotana de Archie. Los padres se rieron, pero el vicario no.

Archie se giró. Había enormes columnas a cada lado del largo pasillo, el cual estaba cubierto con una alfombra de color burdeos que se estiraba hasta el altar. Estaba bastante oscuro dentro y tenía problemas al intentar ver los múltiples crucifijos y las inscripciones de la tumba familiar cubrían las paredes. Alguien había encendido una única candela; el Reverendo Matthews la tomó con cuidado en su mano enguantada y la inclinó para encender la otra docena de candelas que descansaban en el soporte de metal. La iglesia se bañó en luz de inmediato y toda la gloria de las cámaras internas ahora era visible.

—Padre, bendice esta hermosa iglesia y todas las personas que adoran aquí —susurró Archie—. No merezco este lugar.

Sus palabras fueron recibidas con silencio y, tomando un cojín del banco del frente, el vicario se arrodilló frente al altar para decir la Oración del Señor. También rezó por sus padres, las personas en este pueblo a quienes aún debía conocer y por una persona especial para él que ya se había ido, pero era recordada con afecto.

Durante la siguiente hora, Archie exploró los rincones y recovecos de la iglesia. Subió los empinados escalones hacia el campanario, pasó sus dedos sobre el plato de recolección y se quedó en el púlpito por un momento, donde daría su sermón al día siguiente. Todo parecía irreal, ¿este de verdad era su nuevo dominio? La mente del clérigo corrió al día en que recibió una inesperada visita del Obispo. Había sido más una orden que una petición, que se mudara y empezara de cero, recordó. Era verdad que su antigua congregación se había reducido en los últimos años y también era vedad que Archie se había vuelto complaciente con las necesidad de su parroquia. Aquí, en este ocupado pueblo minero, el Obispo le prometió que encontraría un nuevo entusiasmo para la vida y, con suerte, se encontraría a sí mismo de nuevo.

Eso había sido menos de tres semanas atrás. Con solo una quincena para empacar sus pertenencias, Archie tomó un tren hacia la casa de sus padres y pasó una aburrida Navidad escuchando las lecciones de su padre sobre los méritos de ser un buen sacerdote. Por supuesto, el Reverendo Matthews padre siempre había presionado a su hijo mayor para que se volviera un hombre de religión, pero tardó varios años de persuasión durante sus días en la universidad para convencer a Archie y que tomara sus votos religiosos. Mientras sus compañeros bebían cerveza y conducían en sus rápidos coches intentando impresionar chicas, Archie pasaba sus noches encerrado en su habitación, leyendo y escuchando a Mozart. Siempre supo que era diferente, creía que estaba destinado para algo grandioso, pero con una parroquia fallida en su historial y la idea de tener que conocer a su nueva congregación, Archie se preguntó cuál era el propósito de todo. A diferencia de su padre, Archie nunca había conocido a una mujer apropiada que compartiera sus deberes parroquiales. Siempre había atraído chicas salvajes, quienes veían su apariencia de estrella de cine en admiración, mientras que las mujeres más adecuadas se apartaban, convencidas de que Archie no les prestaría atención.

Archie sintió su estómago rugir, por lo que miró su reloj. Ya llevaba tres horas ahí y ni siquiera había empezado a preparar su sermón para el día siguiente, por lo que debía volver a la vicaría. Cerró las puertas y apretó el collar de su abrigo sobre sus orejas para mantenerlas calientes. Mientras estuvo explorando el interior, había empezado a caer una gruesa sábana de nieve sobre las tumbas, difuminando sus formas contra el blanco fondo y haciendo imposible leer cada epitafio. Los zapatos de Archie crujieron sobre el camino de grava mientras se dirigía hacia la puerta. A unos metros de él, bajo la pared externa que rodeaba el cementerio, tres ramos de flores le llamaron la atención. Caminó de lado sobre el césped, hasta llegar a agacharse para ver. Las flores estaban hechas de seda y yacían inmóviles y húmedas por la nieve. Archie le quitó el hielo a una y la colocó junto a la tumba, mientras limpiaba el nombre su otra mano.

—Benjamin Wheeler —leyó Archie para sí mismo—. Amado Hijo.

Contó los años en su mente entre el nacimiento y la muerte del hijo, solo tenía ocho años cuando murió.

Arrastró los pies para apoyar las rodillas en el congelado suelo; Archie limpió el frente de la piedra en las siguientes dos tumbas, de nuevo agitó las flores artificiales para intentar restaurar su forma.

—Sarah Wheeler —balbuceó— Siente años, y Jacqueline Wheeler, seis años.

El Reverendo Matthews cerró los ojos y dijo una oración por los pobres niños cuyos cuerpos yacían en el frío suelo. Los pobrecillos no habían llegado a la adolescencia.

De regreso a la vicaría, Archie encontró a la Sra. Fry limpiando el suelo de la cocina, por lo que se quitó los zapatos con cuidado en el umbral y colgó su húmedo abrigo y bufanda en la puerta. En el fondo, un hombre y una mujer discutían el heroico rescate de un niño atrapado en un pozo desde el pequeño televisor portátil en la esquina de la encimera. En el fondo Archie pudo leer las palabras "Pebble Mill at One".

—Oh, ¡ahí está! —exclamó el ama de llaves—. Solo estoy limpiando las huellas mugrientas de Hector.

—¿Hector? —preguntó el vicario.

—El gato —explicó Elizabeth—. Parece que le agrada bastante, vicario.

Archie intentó no sonreír, aunque también se estaba encariñando del enorme felino negro.

—Es casi una herencia que viene con el territorio —continuó la mujer—. Por el hecho de que no se va.

—Ah, ya veo —afirmó Archie—. Bueno, en ese caso, será mejor que me acostumbre a él.

La Sra. Fry exprimió la mopa y limpió sus manos en una toalla.

—Le preparé una sopa —dijo con una sonrisa—. Rabo de toro. Le ayudará a calentarse en un santiamén.

—Gracias —replicó Archie—. Es muy amable de su parte.

—Es mi trabajo cuidarlo. —Elizabeth guiñó un ojo con humor—. ¿Aquí o en el estudio?

—En el estudio, por favor —respondió el vicario, pensando en su fobia al comer frente a otros—. Necesito preparar el sermón para mañana.

El ama de llaves asintió y levantó las cejas, de verdad estaba esperando hasta el último minuto, pensó ella.

Un par de horas después, con varias hojas llenas de notas desbardándose del basurero y un tazón vacío a su lado, Archie se recostó en su silla y se pasó las manos por la cabeza. En los últimos treinta años había escrito cientos de sermones, pero ese día nada parecía ser adecuado para este frío paisaje industrial con sus alegres habitantes y hermosa iglesia. Pensó con fuerza, siempre volvía al pesado diario negro que su predecesor dejó atrás. El vicario estaba seguro de que su contenido iba a alterar su opinión de los feligreses antes de siquiera conocerlos. Solo llevaba un cuarto del diario y ya estaba seguro de que había leído demasiado. De repente hubo un golpe a la puerta.

—Lamento interrumpir —susurró la Sra. Fry, entrando para recoger el tazón de sopa—. Pero el Doctor Evans le envió un mensaje.

Dejó un pequeño sobre rosa sobre el escritorio y se giró para irse.

—Un momento —Archie llamó, rompió el sello y leyó la nota—. ¿Por qué el doctor envió una nota con este clima? ¿Por qué no llamar?

—Oh, las líneas no sirven —explicó el ama de llaves—. No las arreglarán hasta dentro de unos días.

Archie suspiró con impaciencia.

—Dice que me espera para la cena a las siete.

—Oh, qué agradable —lo animó Elizabeth—. Su primer compromiso oficial.

—No, no puedo ir —replicó Archie—. Tendré que enviarle una carta.

Para cuando el vicario había organizado sus pensamientos y escrito una respuesta apropiada para rechazar la invitación, ya eran las cinco en punto y la Sra. Fry se había ido para visitar a su hermana.

Dejó una nota en el refrigerador con instrucciones para llegar a la casa del Doctor Evans, incluyendo un dibujo de un mapa debajo de su letra cursiva.

Archie lo miró de cerca, parecía que no estaba muy lejos, solo una caminata de quince minutos, pero con la pesada lluvia y el camino de bajada asumió que le tomaría mucho más tiempo llegar. Maldijo bajo su aliento. El macho en él quería rechazar la oferta para cenar y sentarse frente al televisor, pero el clérigo, quien casi siempre lograba salirse con la suya, se había resignado a aceptar la invitación para llegar a conocer a los miembros de su comunidad.

—Rayos y centellas —maldijo Archie, haciendo la señal de la cruz por instinto mientras dejaba salir su frustración—. No queda más opción que ponerse una camisa limpia y conocer a estas desdichadas personas.

Mientras subía para cambiarse, un par de ojos verdes lo observaban desde el final del pasillo. Hector estaba un poco fascinado con el humano que había llegado a su hogar, aunque no sabía qué esperar de él.

Cinco minutos antes de las siete, el Reverendo Matthews estaba de pie esperando a que el doctor abriera la puerta. Un letrero al lado de la propiedad leía "Cirujano", pero el vicario había asumido que la amplia puerta de vidrio al frente de la casa era la entrada a la residencia.

—Vaya, hola vicario —saludó un pequeño y corpulento hombre con anteojos de borde de oro y solo unos mechones de cabello color arena—. Nos alegra que haya podido venir. Marjorie preparó *Cottage pie*.

Archie se esforzó por aparentar placer y le dio la mano al doctor.

—Buenas noches —saludó con firmeza—. Muy amable de su parte haberme invitado.

El Dr. Evans guio a su invitado a una sala-comedor dividido por un amplio arco para crear una sutil división. Había flores por todas partes, desde los cojines y cortinas con un patrón de rosas, hasta los tulipanes ornamentales de vidrio en el aparador. Incluso la oscura alfombra verde tenía un diseño floral. A Archie le parecía una pasamanería con una mala imagen.

—¿Whisky, amigo? —preguntó el Dr. Evans, con una leve esperanza de que el clérigo rechazara la oferta.

Archie pasó su lengua sobre sus labios.

—Sí —replicó—. Muchas gracias.

Al parecer, el Dr. Evans había vivido en el pueblo toda su vida, solo desapareció un período de cinco años para terminar su título en medicina. Había heredado el consultorio de su padre, donde ambos habían trabajado lado a lado hasta que Evans padre murió cinco años atrás. Toda esta información fue proporcionada de buena gana y con gran detalle mientras Archie bebía su whisky y dejaba su mirada vagar. Nunca entendió por qué a las personas les gustaba compartir todo cuando recién se conocían, sin guardar nada para sorprender luego, pero al menos no tendría que llamar muy a menudo, supuso.

Hubo un gran estruendo de platos y ollas mientras los dos hombres hablaban y continuó hasta casi las ocho, cuando una pequeña campana repiqueteó y una mujer usando un vestido negro apareció.

—Buenas, vicario, soy Marjorie —dijo con una sonrisa—. Espero que tenga hambre.

Archie asintió, le dio la mano a la Sra. Evans y siguió a su anfitrión hasta la mesa, donde había una elaborada selección de vino, agua y jerez sobre un mantel floreado color rosa.

—Preparé mi especialidad —aclaró Marjorie, rozando su brazo contra la manga del vicario—. Por favor, tome asiento.

Archie vio el rostro de la mujer, el cual estaba demasiado cerca para su comodidad. Su labial rojo estaba manchado fuera de los bordes de sus labios y el pesado aroma a pachulí que usaba se sentía en el interior de su nariz. Bajó la mirada, no quería hacer contacto visual, y notó que ella llevaba sus uñas pintadas de plateado y andaba pesados anillos de oro decorando sus arrugados dedos.

El Dr. Evans le lanzó un guiño a Archie por sobre la mesa mientras se sentaban.

—No le preste atención a Marge, amigo —dijo con una carcajada—. Ha estado tomando el jerez para cocinar.

El doctor abrió una botella de cabernet sauvignon y empezó a contar la historia de cómo conoció a su esposa. El clérigo intentó prestar atención, pero la distracción llegó con un estruendo en la cocina. Cuando la comida llegó, como a las ocho y treinta, Archie estaba muriendo de hambre y se deleitó con la comida frente a él. Judías pintas, zanahorias cortadas y coliflor en platillos, y una gran olla de cerámica con el pie en el centro de la mesa. Su estómago rugió.

Marjorie se sentó con una sonrisa mientras su esposo llenaba su copa y le indicaba a su invitado que se sirviera.

—Adelante —lo animó—. Aquí no somos de esperar.

—¿Tal vez una oración? —sugirió Archie, uniendo sus manos por instinto.

—Ah, sí. Lo lamento. —El Dr. Evans se sonrojó—. En qué estaba pensando, una oración, claro.

El vicario bajó la mirada y empezó a dar las gracias mientras Marjorie Evans bebía su vino.

Archie Matthews había comido bastante pie en su vida y había concluido que, sin duda, el pie de la esposa del doctor era el peor de todos. Incluso a su esposo le resultaba difícil comerlo y ambos hombres se vieron obligados a tomar vino entre cada bocado solo para remover el desagradable sabor de sus gargantas.

—Tal vez, cielo —empezó el Dr. Evans con cuidado—. ¿Olvidaste agregar el caldo a la carne? Sabe un poco a agua.

Marjorie movió su vaso juguetona y tiró su cabeza hacia atrás.

—Oh, ¡rayos! Sabes, creo que sí.

Archie vio al doctor encogerse un poco ante la extravagante muestra de olvido de la mujer.

—Y sal, cielo —continuó el hombre—. Y también olvidaste los condimentos.

La Sra. Evans soltó una risita infantil y aplaudió.

—Ja, ja, ah, así fue.

Y la cena continuó por unos dolorosos veinte minutos, con los hombres alternando entre sus bebidas, la conversación banal sobre el clima, remover la comida sobre sus platos y luego tragar un bocado con valentía solo por respeto. Todo el tiempo, Marjorie Evans parecía ignorante de sus desastrosas habilidades culinarias y continuó bebiendo constante, pero no apartó su seductora mirada del vicario.

—¿Los veré en la iglesia mañana? —preguntó Archie respetuoso, esperando apartar la conversación del tema de la nieve y la comida—. Espero con ansías conocer a mi nueva congregación.

—Por supuesto —dijo el Dr. Evans con una sonrisa—. Ahí estaré en el banco del frente. Marjorie se esforzará por acompañarnos, pero le resulta difícil levantarse temprano en las mañanas debido a su débil disposición, ¿cierto, querida?

Su esposa solo sonrió y acabó su copa sin apartar su mirada de Archie.

—¿Tiene un sermón especial preparado para su primer servicio? —cuestionó el doctor.

Archie inhaló con fuerza. ¡No había terminado su sermón!

—Saben, ya es bastante tarde —balbuceó—. Creo que es hora de que me vaya.

—Tonterías —replicó el Dr. Evans, levantándose para llevarse los platos—. Aún no comemos el postre. Además, abrí una buena botella de oporto para beber luego de la cena.

Archie no sabía si su estómago estaba preparado para probar más de los desastres culinarios de Marjorie Evans, pero no quería parecer maleducado, además el oporto era su bebida favorita y no quería que sus anfitriones creyeran que era un ingrato por irse temprano. Tendría que completar su sermón más tarde.

Fue luego de este momento de contemplación que algo de verdad extraño ocurrió.

Marjorie se tambaleó hacia la cocina luego de terminar su tercer copa de vino tinto, mientras su esposo la seguía, cargando la vajilla. El vicario se quedó solo por un minuto o dos para contemplar su alrededor, el cual no era nada impresionante si era sincero. El incidente ocurrió luego de este momento de silencio y reflexión.

El Dr. Evans había regresado y se dirigía hacia la mesa lateral para abrir otra botella de vino. Tan pronto como la descorchó, volvió a la mesa y empezó a rellenar las copas.

—Un artista local pintó ese cuadro —le contó a Archie, moviendo su cabeza hacia una pintura en acuarela del pueblo, la cual estaba sobre la chimenea de la sala de estar—. Puede ver la iglesia al fondo.

Archie se giró en su silla hacia donde el hombre indicaba. Era una simple obra de arte, por lo que no sentía el deseo de comentarla, pero aun así estaba obligado a verla por un momento.

Intentó pensar en algo agradable que decir mientras se giraba para ver a su anfitrión, fue en ese segundo que vio al doctor meter un paquete marrón en el bolsillo de su cárdigan.

El Dr. Evans encontró la mirada del Reverendo Matthews y se quedó inmóvil, su rostro levemente sonrojado.

—Tengo que poner el medicamento de Marjorie en su bebida —farfulló—. De lo contrario, no lo toma y se vuelve bastante desagradable.

—¿Desagradable? —repitió Archie—. ¿En qué sentido?

—Bueno, violenta. —El médico se sonrojó—. Rompe cosas y maldice como un marinero.

—¿Y el medicamento? —cuestionó Archie, llevando su mirada hasta los ojos del otro hombre—. ¿Qué es?

—Solo un polvo —aclaró el Dr. Evans, bajando su voz y mirando hacia la cocina—. Un tipo de tónico para calmar sus nervios y mantenerla calmada.

—¿Siempre bebe tanto? —preguntó el vicario con recelo—. Claro, no es de mi incumbencia.

El pequeño hombre hizo una mueca y asintió.

—Me temo que siempre ha sido así.

Se quedaron en un silencio contemplativo, permitiéndole al otro tener un tiempo a solas con sus pensamientos.

—Aquí está —anunció Marjorie con alegría, deslizando dos tazones con algo tembloroso de múltiples colores sobre la mesa hacia los dos hombres—. ¡Preparé bizcocho!

Archie bajó la mirada con desaprobación, sin duda no

se parecía a ningún bizcocho hecho por su madre, tampoco lo había dejado endurecerse por completo.

El Dr. Evans tosió y movió la mezcla con su cuchara.

—Oh, cielo, tontita Marge, no dejaste que la gelatina se endureciera antes de verter la crema caliente.

—Oh, bueno, no afectará el sabor —su esposa rio, tomando su vino—. Adelante, coman.

Archie luchó con el postre de la misma forma en que tuvo que obligarse a comer la cena, el único incentivo era la idea de una decente copa de oporto al final.

Mientras caminaba hacia su casa sobre la nieve una hora más tarde, Archie no pudo evitar pensar en la extraña relación entre el Dr. Evans y su esposa, además del contenido del extraño paquete marrón en el bolsillo del cárdigan del médico. El extraño hombre parecía nervioso porque lo atrapó en posesión del polvo y su explicación parecía más que un poco extraña. Mientras caminaba cuesta arriba, con la iglesia a la vista, el vicario agachó la cabeza contra los copos de nieve que empezaron a caer con más fuerza. Había sido una primera cena muy rara, la cual lo molestaría por varias noches en el futuro. Cuando las puertas de la vicaría aparecieron a la vista, Archie se preguntó si Hector estaría esperándolo; era reconfortante pensar que no estaría solo por completo en esta gran casa y la presencia del enorme gato aumentaría su posibilidad de lograr dormir.

A la mañana siguiente, bajo los efectos de un exceso de vino, además de una pesada medida de oporto, el Reverendo Matthews yacía acostado bajó el edredón hasta que el familiar gato se subió sobre él y miró el soñoliento rostro del hombre. Abrió un ojo y notó que ya era de día.

—Maldición —exclamó, apartando el gato y levantándose de la cama—. ¿Qué hora es?

Su familiar despertador de Mickey Mouse daba la hora en la mesa de noche. Eran las nueve en punto.

—¡Rayos! —gritó Archie, apretando sus manos—. ¡Solo queda una hora para la misa!

Corrió al baño y se lavó la cara sin afeitar con agua fría, haciendo una mueca cuando el helado líquido entró en contacto con su piel caliente, mientras su cerebro empezaba a acelerar, calculando cuánto tiempo tenía para vestirse, beber café y buscar en sus archivos por un sermón adecuado.

—Epifanía —murmuró—. Debo tener algo en algún lugar sobre la Epifanía.

Mientras el vicario corría, se vestía, alimentaba a Hector, se preparaba un café instantáneo y revisaba sus viejas notas de la parroquia anterior, los habitantes ya estaba vestidos con sus mejores ropas y de camino por la colina para conocer a su nuevo clérigo. Habían discutido bastante durante los días previos a la llegada del Reverendo Matthews; la biblioteca, las casas públicas, la oficina del correo, el consultorio del médico y cada tienda en la ciudad habían estado llenos de charlas, preguntándose si el nuevo hombre de fe tenía una esposa e hijos, su apariencia, su edad y, lo más importante, cómo iba a encajar con esta próspera comunidad. Por lo tanto, un cuarto antes de las diez, cuando Archie logró terminar de vestirse con su larga sotana negra, su cabello peinado hacia atrás y su barba afeitada, ya había una multitud de feligreses fuera de la iglesia. Todos los rostros se giraron para ver al nuevo sacerdote correr por la puerta lateral, con su Biblia y sus notas en la mano, y todas las voces dieron su opinión.

—Es bastante atractivo, como un Tommy Steele, pero mayor —susurró una de las mujeres a su amiga.

—No veo ninguna esposa por aquí, ¿cierto? —preguntó otra.

—Parece un poco nervioso —bromeó uno de los hombres.

—Casi llega tarde —agregó otro—. El Reverendo Wilton-Hayes nunca llegaba tarde.

—Shhh —silenció un acompañante—. Te escuchará.

Mientras Archie se acercaba a la multitud, pegó una sonrisa en su rostro y estiró su mano hacia quienes ofrecían la suya como saludo. Había pasado mucho tiempo desde que había tenido que familiarizarse con una nueva congregación y la sensación era sobrecogedora.

—¿Qué tal si entramos para resguardarnos del frío? —sugirió con respeto, guiando a la congregación al interior y deseando no haber salido tan apresurado sin tomar su abrigo—. Está bastante frío esta mañana.

Martin Fry ya estaba dentro, entregando los libros de himnos a las personas mientras entraban a la gran iglesia. Se encontró con la mirada de Archie sobre las cabezas de la multitud y le guiñó un ojo.

—Está bien, vicario —susurró cuando Archie lo alcanzó—. Liz y yo preparamos todo.

Archie buscó al ama de llaves y la encontró de inmediato, sentada con orgullo en un banco de pana mientras tocaba el enorme órgano con gran concentración. Parecía que no había fin para sus talentos.

El Reverendo Matthews tomó su lugar en el púlpito y miró sus notas. Había seleccionado en carreras, pero con cuidado un sermón titulado "Un nuevo inicio". Era bastante apto, pensó.

. . .

Después, hubo una gran ola de felicitaciones y discusiones, con el sonido general de aprobación por parte de los habitantes para su nuevo clérigo. El Reverendo Matthews había logrado mantener su atención, solo uno de los octogenarios se había dormido; dijeron que la selección de himnos había sido perfecta y que el sermón se ajustaba a la situación con perfección: un nuevo inicio tanto para la congregación como para su vicario. Archie estaba satisfecho y, a pesar de no sentirse del todo cómo con tantos nuevos rostros, estaba decidido a pasar un tiempo adecuado para preparar el sermón del siguiente domingo y dedicaría un par de horas cada día de forma sabia, conociendo a los feligreses y prestando un oído para sus necesidades. Regreso a la vicaría justo después del mediodía, sintiéndose aliviado por haber termina su primer servicio y satisfecho de que su cambio le daría el impulso que necesitaba con desesperación. El vicario también reflexionó sobre algunos de los comentarios que había escuchado. Las mujeres habían susurrado sobre su atractivo, sobre todo las más jóvenes y las solteras, algunas podía tener apenas unos veinte años, y lo veían de una forma particular, soñadora, pensó, ¿o lo había imaginado? Mientras se cambiaba a un grueso suéter y pantalones, Archie se vio en el espejo del dormitorio. Vio a un hombre mucho más joven que el hombre de cincuenta y cinco años que era, uno con un objetivo y un cuerpo atlético, alguien que podía haber modelado para esos anuncios para hombres mayores que había visto en la televisión. Archie sofocó una risa.

Mientras bajaba las escaleras, con Hector el gato detrás de él, el vicario sintió un familiar rugido en su estómago y notó que, al correr en la mañana, había olvidado desayunar. Recibió varias ofertas para ir a cenar por parte de feligreses dispuestos a darle la bienvenida al nuevo vicario en sus hogares, pero Archie las había rechazado, prefiriendo comer solo. Además, concluyó, no estaba del todo solo, ya que parecía que, sin importar qué decidía comer ese día, Hector sería un compañero interesado.

Archie encendió el radio transistor, esperando encontrar algo para distraer sus pensamientos de la soledad de la última vicaría y los miles de kilómetros entre él y sus padres, quienes sin duda estaban comiendo su estofado. El canturreo de Morris Albert alcanzó sus oídos, cantando *Feelings*. Lo apagó y caminó hasta la alacena, donde había una lata de carne fría al frente del estante del medio. La levantó y miró la etiqueta.

—¿Deberías comer Spam con huevos para el almuerzo, Hector? —Archie le preguntó al gato, quien maullaba su comodidad desde una de las sillas—. Tal vez una lata de atún para ti, entonces.

Luego de comer, el vicario llevó sus notas de los sermones de regreso al estudio con una taza de té. Estaba obsesionado con mantener sus papeles en orden y quería regresar estos al fólder correcto y empezar a pensar sobre los múltiples domingos de predicación que vendrían. El diario negro seguía en el escritorio de Archie y de repente se sintió atraído.

—Veamos que dice el Reverendo Wilton-Hayes sobre el Doctor y la Señora Evans —farfulló mientras pasaba las hojas y recordaba los eventos de la noche anterior, incluyendo la horrible comida. La escritura de su predecesor era curva y difícil de leer, había manchas de tinta en las notas, donde el viejo hombre presionó con mucha fuerza. Archie pasó un dedo por el margen, buscando el nombre del médico. De repente, lo vio. Leyó en voz alta:

"El Doctor Evans está inclinado a darle alcohol con estricnina a su esposa. Me asegura que es beneficioso para mantener sus cambios de humos e intenciones violentas bajo control, y que no le afectará la salud si la dosificación se prepara con cuidado, aunque la posibilidad de envenenamiento con el polvo mencionado nunca se debe descartar."

El Reverendo Matthews tomó de su té, estaba helado.

TRES

Rachel Graham

Mientras los días y las semanas pasaban, el Reverendo Matthews y Elizabeth Fry aprendieron a llevarse de forma amigable. No fue un período fácil para ninguno de los dos, pero al ser directos y establecer sus expectativas, ambos descubrieron que podía trabajar juntos sin molestar al otro con frecuencia. Archie, por su parte, se sentía sofocado por la amabilidad del ama de llaves y de los recordatorios, ya que no estaba acostumbrado a que le dijeran que era la hora de almorzar y que de verdad debía comer algo; tampoco estaba cómodo con que ella subiera a buscar su ropa sucia para lavarla, una tarea que le resultaba demasiado familiar. Hubo una tensa discusión cuando el vicario decidió expresar sus molestias, pero llegaron a un acuerdo mutuo en el que Archie dejaría su ropa y sábanas en la canasta cuando lo necesitada y la Sra. Fry lavaría y plancharía todo, pero él llevaría todo de regreso a su lugar cuando terminara.

Elizabeth descubrió pronto que este extraño clérigo tenía su forma particular de hacer las cosas. Por ejemplo, le había pedido que no limpiara el dormitorio principal, él mismo lo haría. Claro que se preguntó si tenía algo de valor en su cuarto y si no confiaba en ella, pero con el tiempo empezó a sentirse más cómoda con el Reverendo Matthews y a aceptar que solo era un caballero bastante privado con hábitos ligeramente excéntricos. Aun así, le agradaba. Había algo muy profesional sobre el nuevo residente y sin duda era agradable a la vista. Además, a Hector el gato le agradaba, por lo que debía ser un buen hombre.

A un mes desde su llegada, con varios servicios religiosos finalizados y una creciente familiaridad con su congregación, Archie recibió una visita una tarde.

La Sra. Fry ya se había ido, dejando al vicario para responder la puerta delantera cuando sonó la gran campana. Afuera estaba helado y, cuando llegó a la gran entrada, Archie sintió el frío en sus huesos. Al abrir la pesada puerta de madera, se encontró con una pequeña mujer, quien usaba una trenca con capucha roja. Tenía grueso cabello rubio con ondas naturales y sus mejillas estaban sonrojadas.

—Buenas, vicario. —La mujer sonrió con torpeza—. ¿Me preguntaba si estaba libre por un momento?

Archie enderezó la espalda y asumió una postura profesional.

—Por supuesto, por favor, entre.

—Señora Graham —dijo la mujer con timidez mientras entraba—. Rachel Graham.

El Reverendo Matthews guio a su invitada hacia el cálido estudio, donde el fuego ardía en la chimenea, indicó hacia un sillón y le ofreció té a la joven mujer.

—Oh, no, gracias —susurró—. No me puedo quedar por mucho tiempo.

—En ese caso, ¿cómo le puedo ayudar? —preguntó Archie, mirando el libro sin concluir en la mesa al lado—. Es decir, por favor, tome su tiempo, es un placer conocerla, señora Graham.

—Nos conocimos en la iglesia el domingo pasado —le recordó Rachel—. Hizo un comentario sobre mi canto.

—Ah, por supuesto —replicó el vicario, recordando la forma en que la mujer cantó con gusto *"The Old Rugged Cross"*—. De verdad tiene una hermosa voz.

Rachel Graham se sonrojó y se aclaró la garganta.

—Reverendo Matthews, estoy aquí para realizar los preparativos para el funeral de mi esposo.

Archie se quedó sorprendido por un segundo, no había esperado verse en esta situación tan pronto en su nuevo puesto y había pasado un tiempo desde que había tenido que consolar a una viuda.

—Señora Graham, lo lamento tanto —titubeó—. Por favor acepté mis sinceras condolencias.

La mujer inclinó su cabeza y apartó la mirada, sacando un pañuelo de su manga.

—Tal vez deberíamos beber un té después de todo —ofreció Archie con una sonrisa—. Y entonces podemos discutir los detalles.

De nuevo solo en su estudio luego de una taza de té y más simpatía de la que estaba cómodo ofreciendo, el vicario se sentó a su escritorio y revisó las notas que acababa de escribir en su diario. El funeral del Sr. Graham sería en diez días, un miércoles, a las dos de la tarde. No había nada inusual en los requisitos, un servicio y entierro simples, seguidos por una recepción en la casa de los Graham. Sin embargo, la pobre viuda era incapaz de darle a Archie suficiente información sobre su esposo para crear un elogio adecuado, algo por lo que insistió para lograr con éxito. Por supuesto, entendía que la pobre mujer debía estar algo confundida debido al dolor y, por ende, organizó una visita para Rachel Graham al día siguiente, para hablar sobre la carrera de su difunto marido, sus amigos y familia, para así lograr un tributo apropiado. El vicario no preguntó la edad del pobre hombre, pero estimó que la mujer debía tener unos treinta y cinco años, aunque nunca podía saber con certeza sobre las mujeres, por la forma en que se arreglaba el cabello y cubría su rostro con maquillaje. Lo descubriría al día siguiente.

Esa noche, el Reverendo Matthews se despertó por el sonido de disparos a la distancia. Se sentó de golpe en la cama, escuchando desde qué dirección venía el sonido. Todo estaba en silencio, pero podía escuchar el eco de los disparos en sus oídos. Miró a Hector, quien seguía acostado en una bola a su lado, al parecer el gato no se vio afectado por el sonido. Archie apartó las sábanas y buscó su bata, notando que estaba sudando a pesar del frío en su habitación. Caminó hacia la ventana y apartó una esquina de las pesadas cortinas de damasco. La noche estaba oscura, la luna oculta por las pesadas nubes; la única señal visible de vida era una distante luz en una lejana granja. Tanto dentro como fuera de la vicaría, la noche estaba en silencio.

Abajo, el único sonido venía del enorme reloj en la sala de estar, haciendo tictac mientras el péndulo se mecía de un lado a otro. El vicario no podía encontrar ninguna puerta o ventana abierta que explicara el frío aire, por lo que en su lugar se dirigió a la cocina para calentar un poco de leche. Encendió el televisor sin prestarle atención, pero fue recibido con la imagen de una niña y un payaso diciendo que el servicio se reestablecería a las 6 am. El reloj en la pared marcaba las tres.

Llevó su bebida al estudio, donde se sentía más a gusto; Archie miró hacia la oscura noche, intentando acostumbrar sus ojos a las formas de los árboles y arbustos, los cuales creaban una frontera natural alrededor del jardín de la vicaría. No hubo más disparos y estaba seguro de que el ruido fue causado por cazadores buscando conejos. Se sentó a su escritorio, mirando la torre de papeles apilada con cuidado a un lado y bebió del líquido caliente. Archie miró hacia el otro lado del pesado escritorio de roble, donde su diario abierto indicaba la fecha del funeral para el Sr. Graham. Se preguntó si la familia tenía una plaza en el cementerio o si había un lugar en particular donde la viuda querría enterrar a su amado. Ocasiones como esta siempre apretaban el corazón del vicario debido a su creciente escepticismo sobre la vida después de la muerte. No era que estaba perdiendo la fe, para nada, pero el Reverendo Matthews no sabía si todavía creía en un perfecto cielo. Toda su vida había esperado la afirmación de que la vida después de la muerte existía, empezando con la muerte de su abuelo tantos años atrás, mientras se sentaba noche tras noche esperando por algo. No sabía qué esperaba con exactitud, tal vez una luz brillante, tal vez una aparición fantasmal o incluso que algo precioso se moviera en la casa, pero, incluso después de tantos años, su abuelo no había sido capaz de comunicarse desde el otro lado.

El vicario apartó su mente de estos dolorosos recuerdos y dirigió su atención a asuntos más prácticos, por lo que sacó la pequeña caja de metal donde guardaba los fondos de la parroquia. El Obispo había sido generoso al financiar las necesidades de Archie, las cuales no eran extravagantes, pero acababa de notar algo muy importante. ¡Llevaba casi un mes completo aquí y no le había pagado a su ama de llaves!

—Señora Fry —empezó el Reverendo Matthews más tarde esa mañana, sintiéndose avergonzado por su honesto descuido—. Al parecer, pasé por alto el pagar su salario.

El ama de llaves levantó la mirada de la tarea de planchar su camisa y se encogió de hombros.

—No es necesario —le explicó—. La iglesia se encarga de eso.

Archie frunció el ceño, sin entender a qué se refería.

—¿El Obispo le paga directamente?

—No exactamente —murmuró Elizabeth, colgando su camisa gris en una percha—. Pero todo está arreglado.

—¿Entonces no necesito pagarle nada? —reafirmó el vicario.

—Exacto, nada —replicó la mujer, sonriendo en su dirección—. Ahora, ¿qué quiere para almorzar?

A las dos en punto, con su interior caliente por un emparedado de queso y una gran taza de té, Archie se cubrió con ropa y se dirigió hacia el pueblo. La nieve había empezado a descongelarse y la calle se sentía resbaladiza debajo de sus pies, pero un par de robustas botas de goma lograron salvarlo de caer de espaldas varias veces. Estaba sorprendido por cómo las casas habían cobrado vida durante los últimos días mientras el hielo caía desde sus techos y porciones de césped se veían con claridad, mostrando jardines y parcelas bien cuidados. En el fondo, amenazando con caer sobre el pueblo como una gigante criatura, la mina de carbón rugía y tronaba mientras tiraban de la cantera desde el interior. Los hombres se movían en carreras como diminutas hormigas, manchados de negro y mugrientos, todos sus rostros eran iguales.

Rachel Graham le había dado su dirección como "43 Thorpe Street", pero, mientras Archie estaba de pie en la intersección viendo hacia la izquierda y la derecho, con el tráfico acelerando frente a él, esta no parecía estar donde le había dicho. Con cuidado se bajó de la acera y cruzó al otro lado de la calle. Lo único que podía hacer era preguntarle a alguien, por lo que abrió la puerta de la farmacia más cercana y entró.

—Thorpe Street —ponderó la empleada tomando el papel que Archie tenía en la mano—. Sí, necesita seguir la calle hasta el final, por la estación de bus, y luego girar a la izquierda. Ahí está.

El vicario recuperó la nota de sus dedos y notó que la chica lo estaba observando.

—¿Está todo bien? —preguntó, guardando el papel en el bolsillo de su abrigo.

—Oh, sí, Reverendo, —ella respondió—. Eso diría. Si alguna vez se siente solo ahí en la vicaría…

Archie sintió que el calor subía a su rostro y salió en carreras al aire frío. Se sentí halagado y avergonzado de que las mujeres aquí parecían mirando de forma tan seductora. Un minuto o dos después, ubicó la dirección de la Sra. Graham y llamó con fuerza a la puerta de una pequeña casa adosada.

—Oh, Reverendo Matthews —exclamó Rachel, abriendo la puerta—. Por favor, entre.

La mujer usaba una esponjosa bata rosa que llegaba hasta sus tobillos y su grueso cabello rubio estaba atado con una amplia banda rojo carmesí. Mientras se inclinaba para cruzar el umbral, directo a una pequeña sala de estar, el clérigo miró alrededor a las desorganizadas torres de revistas y ropa. Había una botella abierta de pintauñas rojo volcada sobre la mesa de café, goteando el contenido sobre el vidrio.

—¿Le gustaría un café? —preguntó la Sra. Graham, arrastrando sus pies envueltos en pantuflas con tacón hasta el sofá.

Archie negó con la cabeza y se sentó en un sillón cerca de la puerta. Sabía que esto no iba a ser fácil, nunca lo era.

—¿Tal vez podríamos hablar sobre su esposo, si está preparada?

Rachel movió una mano juguetona hacia él y encendió un cigarrillo.

—¿Qué necesita saber?

Hablaron por diez minutos, el vicario hacía preguntas generales sobre el trabajo y los pasatiempos del Sr. Graham, y su viuda contestaba con imprecisión, a veces hasta cambiaba de idea sobre lo que le gustaba o no a su esposo. De repente inclinó la cabeza a un lado y pegó un salto.

—¿Escuchó eso? —cuestionó—. Creo que Abigail quiere algo.

—Lo siento —admitió Archie—. Pero no escuché nada.

Su respuesta cayó sobre oídos sordos, porque Rachel ya estaba de pie y se dirigía hacia las escaleras. La escuchó hablar con alguien en el piso superior, pero no pudo descifrar ninguna otra voz. Durante los varios minutos que le tomó a la viuda regresar, Archie se sentó inmóvil, sintiendo que el compacto espacio de la casa lo estaba aplastando. Soltó su respiración, justo como su madre le había enseñado cuando, de niño, había sufrido de una intensa claustrofobia. Los pasos en la escalera le indicaron el regreso de la mujer.

—Oh, ella me hace correr todo el día —se quejó, dejándose caer sobre el sofá—. Es lo mismo con Terry y Hester. Estoy sobre mis pies todo el tiempo.

—¿Son sus hijos? —inquirió Archie con cuidado, preguntándose cómo podía ayudar.

—No —replicó Rachel Graham, con los ojos abiertos y atentos—. Son mis amigos, viven aquí.

A las tres y media, el Reverendo Matthews había decidido que no podría conseguir nada más de los imprecisos recuerdos de Rachel Graham sobre su esposo y se puso su abrigo para irse.

—Iré a verlo de nuevo antes del funeral, —él prometió, tocando los hombros de la Sra. Graham con gentileza—. Entiendo cuán difíciles puede ser todo durante este tiempo.

—Estaré bien, vicario —prometió la mujer—. Tengo una casa llena para evitar sentirme miserable.

—Aun así —insistió Archie—. Mi puerta siempre está abierta.

Mientras se encaminaba de regreso a la vicaría, el Reverendo Matthews se detuvo en la iglesia para orar por la Sra. Graham y su difunto marido. Lo entristecía de gran manera cuando las personas eran arrebatadas de sus familias demasiado pronto, y esperaba que Rachel volviera a encontrar la felicidad algún día. Aún no estaba del todo satisfecho con los detalles que ella le había dado, pero Archie esperada poder hablar un poco con los demás feligreses, quienes podrían tener buenas historias sobre el Sr. Graham, el domingo. De regreso en casa, Archie le dio una excusa a la Sra. Fry y corrió escaleras arriba para tomar un baño caliente.

Remojándose bajo una montaña de burbujas, Archie sintió sus huesos empezar a relajarse mientras el agua caliente lo relajaba y limpiaba. Había pasado más de treinta años desde que el dolor de espalda había empezado a molestarle, pero con la ayuda de ropa interior térmica y constantes baños calientes había logrado soportar los peores días concentrándose en otras cosas. Este era uno de esos días. Había algo que no parecía correcto sobre Rachel Graham, musitó Archie, dejando que el agua lo cargara mientras hundía su cabeza bajo la superficie; ella no parecía una tradicional viuda sufriendo. Como un hombre de fe, había conocido muchos esposos, esposas, madres y padres que habían perdido seres amados, había visto el dolor tomar muchas formas diferentes. Algunas personas lo manejaban con dignidad detrás de puertas cerradas, mientras que otras lloraban con libertad, incapaces de contener su angustia. Pero, de alguna manera, Rachel Graham era diferente.

—¿Vicario? —llamó una voz desde fuera del baño, interrumpiendo sus pensamientos—. El Doctor Evans está al teléfono, le gustaría invitarlo a cenar esta noche.

Archie gruñó para sí y se frotó el rostro.

—Gracias, señora Fry —gritó—. Pero por favor dígale que ya tengo un compromiso previo para esta noche.

—Por supuesto —dijo el ama de llaves con una risa, dando una vuelta—. *Dr. Who* empieza a las siete.

Maldición, pensó Archie con una sonrisa, esa mujer me conoce bastante bien.

Luego, sentado con sus pies sobre el sofá, viendo a un doctor loco con una bufanda de rayas bastante larga, escapar de los Daleks en su máquina del tiempo con forma de Cabina de Policía, Archie se sintió contento por primera vez desde su llegada. Aún no dormía del todo bien, pero al menos podía concebir la oportunidad de tomar una siesta en la tarde de vez en cuando. Solo tenía que cerrar la puerta de su estudio y la Sra. Fry no lo molestaba, asumiendo que el vicario estaba ocupado con importantes negocios de la iglesia. Hector el gato estaba estirado frente a la chimenea encendida, su peluda barriga expuesta al calor y sus profundos ojos verdes observaban a su compañero humano. Mientras el programa de televisión terminaba, Archie se levantó para poner otro leño en el fuego, tarareando la música para sí mismo sin darse cuenta. La habitación estaba caliente y cómoda, justo como un hogar debía estar.

Cuando la música de *"Top of the Pops"* empezó, el Reverendo Matthews dirigió su mirada hacia la pantalla. Había jóvenes mujeres en pantalones brillantes bailando en el escenario mientras el presentador intentaba, con desesperación, hacerse escuchar sobre una audiencia en vivo que no paraba de gritar. Archie se preguntó a dónde se había ido su propia juventud, no recordaba haber estado tan emocionado como ellos. Tomó su vaso para whisky vacío y se encaminó hacia la mesa lateral para rellenarlo. Un par de vasos más aseguraría una buena noche de sueño, supuso, incluso cuatro o cinco horas seguidas serían aceptables. Mientras se servía el dorado licor, el vicario dirigió sus pensamientos de regreso a la invitación para cenar que recibió más temprano y sacudió su cabeza con incredulidad. ¿El Doctor Evans de verdad esperaba que él volviera ahí y tolerara la cocina de Marjorie una segunda vez? Ja, en su opinión, el diario de la vicaría estaba bien lleno. Aunque sí se preguntaba sobre la estricnina, un asunto del todo diferente.

A la mañana siguiente, Elizabeth Fry ya estaba limpiando la sala de estar para cuando Archie bajó las escaleras. Asomó la cabeza por la puerta y tosió un poco.

—Buenos días, señora Fry.

—Buenas, vicario —replicó de inmediato, mostrándole un vaso vacío de whisky—. ¿Larga noche?

—Para nada —replicó con indignación—. Solo tomé un trago luego de la cena.

El ama de llaves rio, ignorando su mal humor.

—No tiene que darme explicaciones, todos tenemos derecho a relajarnos en nuestras propias casas.

—Silencio —farfulló Archie—. Iré a preparar algo de café.

—Le preparé unos huevos revueltos —ofreció la mujer—. ¡Como disculpa por mi intromisión!

Luego de completar su sermón para el siguiente domingo, el Reverendo Matthews dirigió su atención al próximo funeral. Según entendía de la Sra. Fry, un joven del pueblo se encargaba de cavar las tumbas y mantener el cementerio, por lo que pretendía hablar con él tan pronto como fuera posible sobre la ubicación de la plaza del Sr. Graham. Parecía haber suficientes espacios disponibles en la parte trasera y estaba seguro de que podría asegurar un espacio cerca del enorme sauce llorón.

Rachel Graham le había dicho al vicario que su esposo era un agente de ventas viajero, pero no estaba segura de qué vendía. Por supuesto, Archie no había querido presionar el asunto, después de todo, la pobre mujer parecía estar en un estado muy frágil, pero necesitaba confirmar si algún amigo o familiar haría una lectura durante el servicio para así poder realizar el programa con satisfacción. Aunque estaba helado y húmedo afuera, el clérigo se resignó al debe de realizar otra visita a Thorpe Street, esta vez mediante la capilla para transmitir su pesar.

· · ·

A pesar del tamaño del pueblo, la Sra. Fry le había asegurado a Archie que solo había una funeraria, ubicada al final de la calle principal. Tenía un frente doble y cargaba el nombre del dueño, E. W. Morris e Hijos, con letras doradas en las ventanas.

—¿Por qué? ¿Alguien murió? —gritó Elizabeth mientras el vicario salía al pasillo para ponerse su abrigo y bufanda—. No lo vi en el periódico.

—En efecto —afirmó el reverendo—. Un joven hombre.

Pudo escuchar las pantuflas del ama de llaves moverse por el suelo de la cocina mientras se acercaba.

—¿En serio? ¡Oh, cielos! ¿Quién fue?

—Le explicaré cuando vuelva —aseguró Archie, queriendo irse antes de cambiar de opinión o quedarse atrapado en otra tormenta—. Volveré en un par de horas.

Elizabeth Fry le pasó sus guantes de lana de donde los había puesto a calentar sobre el radiador.

—Cielos, de verdad piensa en todo, ¿no, señora Fry? —dijo con una sonrisa, de verdad sorprendido.

El ama de llaves sonrió, mostrando sus torcidos dientes frontales.

—Sí, bueno, tengo varios años de práctica. Habrá estofado de res esperándolo para cuando regrese, con albóndigas, claro.

Archie cerró la puerta, una expresión arrogante en su rostro.

Era probable que Edward Morris fuera el director funerario más alegre que el vicario había conocido. El hombre irradiaba afabilidad y hospitalidad mientras salía a la recepción de su negocio; tenía un rizado bigote blanco enmarcando su boca con forma de luna creciente y mejillas rosadas que brillaban con su salud. Un apretado chaleco gris amenazaba con abrirse en cualquier segundo mientras luchaba por contener el enorme estómago del hombre y Archie lo encontró bastante distractor.

—Vaya, vaya, ¿a qué debo este placer, Reverendo Matthews? —rugió el Sr. Morris, su voz eran tan grande y abrumadora como su enorme cuerpo.

—Bueno, pensé que me estaría esperando, señor Morris —explicó Archie—. Es sobre el señor Graham.

—¿Señor Graham? —repitió el hombre más grande, rascándose la barbilla—. No me suena conocido, vicario.

Luego de algunos minutos de conversación amigable, los dos hombres concluyeron que Rachel Graham debía haber contratado otro negocio mortuorio, sin duda uno en otro pueblo.

—En serio, no lo puedo entender —admitió Edward Morris—. Somos la única compañía en las cercanías. La más cercana debe estar a unos cincuenta kilómetros.

El clérigo admitió que era bastante extraño, considerando que el Sr. Graham era un local, aun así, si era lo que la viuda deseaba, así sería.

—No lo molestaré mucho más, señor Morris —dijo con respeto—. Debe estar bastante ocupado.

—Sí, bueno —concluyó el agente funerario, tomando la mano de Archie—. Siempre hay trabajo que hacer. Lo veré en la iglesia el domingo. Oh, ¿vicario?

—¿Sí?

—¡Tenga cuidado con esa vieja ama de llaves que tiene!

Archie se quedó inmóvil, perplejo, inseguro de cómo responder. Edward Morris de seguro debía estar bromeando.

El vicario se giró en donde estaba intentando abrir la

puerta y miró al obeso propietario con una expresión dubi-
tativa; había cometido un error al visitar este negocio.

—¿De seguro debe estar bromeando, señor Morris?
—balbuceó. El otro hombre solo guiñó un ojo.

Rachel Graham seguía sin vestirse. Sentado frente a ella en el
sillón, Archie pudo ver que se había pintado las uñas de los
pies y se había rizado el cabello, pero aún usaba la misma bata
rosa que en la primera visita. Había limpiado algunas revistas,
pero aún había una mancha roja en el vidrio de la mesa de
café donde se había volcado el esmalte de uñas. El vicario
quería buscar un paño para ver si podía limpiar la mancha. Su
mirada seguía cayendo sobre esta mancha mientras hablaba.

—¿Ha pensado en alguien que podría querer decir
algunas palabras? —sugirió, juntando sus manos—. ¿O
tal vez su esposo tenía algún poema favorito que podría
leer?

La Sra. Graham dejó salir el humo por su nariz.

—No tenía muchos amigos y odiaba la poesía.

Archie tosió, no le gustaba el humo, mucho menos en
un espacio tan pequeño.

—¿Algún familiar? —continuó, sus ojos volvieron a
caer sobre la mancha roja.

—Supongo que no se molestarán en venir —admitió
la joven mujer—. No eran muy cercanos, verá.

El Reverendo Matthews logró usar un tono alegre y se
acercó al borde de su asiento.

—Entonces el servicio puede ser bastante sencillo,
señora Graham, ¿le gustaría eso?

Su cabeza se movió lentamente hacia arriba y hacia
abajo en asentimiento.

—Bien.

Se sentía satisfecho de que al menos tenía algo de dirección sobre cómo realizar las cosas. Archie preguntó si podía visitar la capilla para orar sobre el cuerpo.

—No está ahí —susurró la viuda, tomando otro cigarrillo mientras evitaba la mirada del vicario.

—¿Entonces dónde…?

—Arriba —replicó, los ojos de la mujer se movieron hacia el cielo raso—. Está aquí.

Los vellos en el cuello de Archie empezaron a levantarse, ¿acaso las personas de este pueblo todavía mantenían a sus muertos en sus hogares?

—¿Puedo subir? —preguntó con lentitud—. Es decir, ¿si no le molesta?

—Claro —replicó Rachel Graham, tirando la ceniza en la papelera, pero sin intentar moverse.

El vicario comprendió que tendría que subir al dormitorio por cuenta propia y se puso de pie.

Quería preguntar "Señora Graham, embalsamaron a su esposo de forma correcta", pero no logró emitir las palabras.

El Reverendo Matthews había estado esperando que la casa estuviera a oscuras arriba, por respeto para el difunto esposo, pero Rachel Graham tenía un dormitorio bastante brillante y colorido. Había un edredón púrpura sobre la cama doble, con una colección de juguetes alineados sobre la cabecera de madera. Todo parecía normal, pero no había señal del cuerpo del Sr. Graham.

Archie se movió hacia la siguiente habitación, abrió la puerta y se encontró frente a un baño color turquesa. Había móviles hechos de conchas colgando desde el techo y un pato de goma estaba al lado de la tina. La última puerta estaba un poco abierta, el vicario esperaba encontrar al difunto dueño de la casa donde se encontraba.

Inhaló a través de la nariz, se cubrió las mejillas con su bufanda y dio un par de pasos. Nada.

—Señora Graham —llamó, trotando escaleras abajo—. Creo que dijo…

—Oh, lo siento, vicario —canturreó Rachel, se veía realmente confundida—. Sí fue a la capilla de descanso.

—¿Está del todo segura? —insistió Archie—. ¿Cuál?

La mujer frunció su rostro, pensando.

—¿Cuál? Oh, no puedo recordar.

—Señora Graham, ¿ha tomado algo? Es decir, ¿toma algún medicamento?

Rachel se rio con fuerza, como un niño que acaba de entender una broma luego de que se la contaran varias veces.

—¡No! Vicario, ¿qué rayos está sugiriendo?

Archie se sonrojó, de verdad no sabía cómo manejar la situación, después de todo, no era común que una viuda perdía el cuerpo de su esposo. Consideró llamar al Dr. Evans.

—¿Le gustaría consultar a un médico? —preguntó—. Parece estar confundida, querida.

La mujer movió su mano hacia él y volvió a tomar su paquete de cigarrillos.

—Estoy bien —alegó—. Perfectamente bien.

Archie no estaba seguro, ya que, fallos de la memoria, incluyendo olvidos podían ser una señal de algo más serio. No obstante, aunque consideraba que Rachel Graham debía consultar al médico, temía encontrarse con los Evans. Por lo tanto, concluyó, como la Sra. Graham no parecía ser un peligro inmediato para sí misma o los demás, llamaría al médico cuando volviera a la vicaría. Luego de eso encontraría al cuerpo perdido.

Archie caminó con fuerza hacia la iglesia mientras maldecía cuando un auto aceleró en dirección opuesta, cubriendo sus pantalones con fría aguanieve. Este estaba resultando ser uno de esos días. Al llegar a las puertas de la vicaría, miró su reloj: faltaban cinco minutos para las cuatro. La Sra. Fry se prepararía para irse pronto.

—Tendrá que recalentar el estofado en la estufa —indicó el ama de llaves mientras luchaba para ponerse su grueso cárdigan negro—. Creí que volvería mucho más temprano.

—Mmm, yo también —murmuró Archie, frunciendo el ceño hacia el radio transistor mientras emitía *"Stand By Your Man"*—. Si tan solo Tammy Wynette supiera la ironía de esa canción.

—¿Qué? —preguntó Elizabeth Fry—. ¿Está bien, vicario?

—No, para nada, señora Fry —confesó—. He tenido un día bastante peculiar. No debería decirle esto, pero…

Y ahí estaba, toda la historia salió a borbotones y, para alivio de Archie, se sintió mejor por eso.

La Sra. Fry se quedó inmóvil, su único movimiento era un leve fruncimiento de los labios mientras escuchaba.

—Y eso es todo —terminó el vicario—. Qué dilema. Señora Fry, ¿está bien?

El ama de llaves de la vicaría puso una mano sobre el respaldar de una silla y se inclinó al punto en que su cabeza casi tocaba la mesa mientras un silbido salía de su boca.

Archie corrió hacia la mujer y la ayudó a sentarse. Las lágrimas caían por sus mejillas.

—Permítame llamar al Dr. Evans —farfulló el vicario, buscando por el directorio.

—Estoy bien —susurró una diminuta voz. Fue entonces cuando el vicario comprendió que el ama de llaves estaba teniendo un ataque de risa. Él se quedó de pie con sus manos en sus caderas esperando una explicación.

—¿Conoció a Abigail, Terry y Hester? —logró preguntar la Sra. Fry eventualmente. Archie negó con la cabeza.

—Oh, cielos —dijo Elizabeth con una risa—. Ella le ha jugado una gran broma. Rachel Graham no está casada, vicario. ¿Abigail, Terry, Hester y su difunto marido? ¡Son sus amigos imaginarios!

Archie gruñó. ¿Por qué demonios no había revisado el diario primero?

CUATRO

Ted Bennett

Con el paso de las semanas, el Reverendo Matthews construyó una rutina. Ahora podía recordar los nombres de la mitad de su congregación sin necesitar la ayuda de Elizabeth o Martin Fry, también había empezado a apreciar a los trabajadores ciudadanos que vivían en esta pequeña comunidad.

La mayoría de los hombres locales trabajaban en las minas de carbón, las cuales dominaban los campos en la periferia del pueblo, ubicado en un valle a la sombra de las empinadas colinas. Archie aún no había tenido un motivo para aventurarse fuera del pueblo donde la boca de la mina sobresalía y gruñía, pero a menudo observaba a los mineros ennegrecidos volver de un difícil día de trabajo, meciendo sus loncheras y charlando entre sí. No podía imaginar ser tan valiente como para realizar un trabajo como ese, atrapado en los pasajes subterráneos con el sofocante calor y la tierra, pero tenía un gran respeto por los hombres que volvían a ese lugar días tras día.

Los domingos, el vicario miraba a su congregación con admiración, los manchados rostros que habían lavado y las blancas camisas prensadas sobre las espaldas de hombres que había pasado toda la semana rodeados de mugre y hollín. Las mujeres estaban vestidas con sus mejores ropas y cada niño se presentaba con prístinos trajes. Era un misterio para Archie cómo las casas de estos mineros brillaban con tal estándar y, a menudo, había imaginado a sus esposas, de pie con las manos en las caderas, insistiendo en que sus maridos se quitaran sus inmundos uniformes antes de entrar por la puerta trasera.

Un hombre que parecía que nunca se ensuciaba las manos era el capataz y representante del sindicato, Ted Bennett. Un corpulento e imponente hombre con muchos dientes y poco cabello. Sus colegas veneraban al Sr. Bennett, y él disfrutaba de la atención de todos a su alrededor mientras se ubicaba en el centro de atención para casi todos los eventos en el pueblo. No era conocido por su generosidad, pero el vicario descubrió que era un voluntario dispuesto para leer salmos y siempre podía contar con él para pasar el plato de recolección hasta que este quedaba a rebosar de monedas. Ted había analizado al nuevo clérigo y decidido en un instante que su actitud libre de disparates se ajustaría a la perfección con los feligreses.

La Sra. Bennett era una mujer pequeña a la que le gustaba entrometerse en los asuntos de las demás personas, o al menos eso fue lo que el ama de llaves le dijo a Archie. Elizabeth Fry había criticado a la esposa de Ted abiertamente cuando él le preguntó sobre ella, pero era más sobre su apariencia que su personalidad. Era claro que no había nada de amor entre las dos mujeres, por lo que el vicario intentó mantener su mente abierta, aunque en varias ocasiones había notado a la esposa del capataz hablando sobre los movimientos del pueblo luego de la misa del domingo. Aun así, él sabía que a las amas de casa les gustaba hablar y, siempre y cuando la charla fuese inofensiva, ¿quién era él para interferir? Mientras estuviese con vida, nunca comprendería a las mujeres.

Para cuando el Reverendo Matthews tuvo la oportunidad de conocer mejor a la familia Bennett, ya se estaba acercando la Pascua; los eventos empezaron una ventosa mañana de marzo con él en el pasillo central de la iglesia concentrado en una escultura de piedra de la Madonna.

—Hermosa, ¿no? —preguntó una profunda voz detrás de él, seguida de rápidas pisadas en su dirección.

Archie se giró, sorprendido por la repentina presencia de otra persona. Ted Bennett daba zancadas en su dirección, con sus manos en sus bolsillos y una pesada cadena de reloj colgando de un chaleco de tweed.

—Buenos días, señor Bennett —replicó el vicario, intentando ocultar su sorpresa—. Sí, es bastante encantadora.

Los dos hombres observaron a la perfecta estatua por un momento, ambos esperando a que el otro hablara.

—Necesito hablarle sobre mi madre —dijo Ted Bennett con un suspiro después de un rato—. Ha tenido que mudarse a nuestra casa porque no se encuentra bien.

—Oh, lo lamento —murmuró Archie, genuinamente desconcertado—. ¿Necesita que vaya a visitarla?

El Sr. Bennett asintió en afirmación.

—Solo si tiene tiempo, Reverendo; verá, ella tiene miedo.

Esta revelación no era nueva para Archie, en sus días sirviendo al Señor había conocido a múltiples enfermos que no estaban preparados o dispuestos a conocer al creador.

—¿Es terminal? —se atrevió a preguntar—. Lo siento, es solo… bueno, ya sabe.

Ted Bennett ya estaba asintiendo.

—Creemos que serán semanas en lugar de meses,

vicario.

—Iré esta tarde —prometió Archie, poniendo una mano sobre el brazo del otro hombre—. ¿A las tres?

—Puedo venir a buscarlo —ofreció el capataz—. No podemos permitir que se empape, ¿cierto?

—No es necesario… —empezó Archie, pero deseaba solo aceptar la oferta y terminar con la conversación.

—Tonterías. —Ted sonrió y estiró la espalda—. Lo buscaré unos diez minutos antes de las tres. Nos vemos.

Con un último movimiento de la mano, se fue, dejando a Archie a solas para contemplar su siguiente tarea con el helado frío y la quietud de la iglesia y la hermosa imagen de piedra de la Virgen María.

Tomó un cojín de un profundo color rojo y cayó de rodillas para rezar.

Luego del almuerzo, el Reverendo Matthews se retiró en su estudio. Necesitaba la soledad luego de soportar el sonido de la aspiradora por una hora en la vicaría, pero también tenía otro motivo para estar solo.

El vicario se sentó al escritorio, tomó el diario negro y pasó las páginas hasta que encontró las palabras "Familia Bennett" al inicio de la página. Debido al funeral falso para un esposo inexistente, quería estar del todo preparado para lo que el capataz tenía preparado. Bebió de su té caliente y leyó con calma.

"Edward Bennett es un pilar para la comunidad, luchando incansable por los derechos de los mineros en este pueblo. Ha contribuido con generosas donaciones para la iglesia; no se podría encontrar un mejor hombre…"

Y así continuaba el diario, alabando las acciones del Sr. Bennett y su familia. Archie se rascó la barbilla y se apoyó en su silla. Parecía que sus deberes esta tarde serían bastante simples, contempló, aunque también lamentables. Volvió a pasar sus dedos por su quijada, se levantó y se dirigió al baño para afeitarse. Quería causar una buena impresión sobre la madre del capataz, después de todo podría no ser capaz de proporcionarle confort por mucho más tiempo.

Diez minutos antes de las tres, según lo prometido, un auto oscuro pasó por las puertas de la vicaría. Archie estaba listo, con su gruesa chaqueta y un sombre trilby de fieltro en su cabeza para mantenerla caliente. Mientras caminaba por el camino de entrada hacia el automóvil, el vicario sintió a la Sra. Fry observándolo desde una de las ventanas superiores. Se giró con fuerza y le lanzó una mirada cortante, con la cual ella fingió estar limpiando uno de los paneles de la ventana con un trapo.

—Entre para que evite el frío —le dijo Ted Bennett mientras abría la puerta del pasajero—. Está helado.

El vicario se encogió para entrar al asiento y cerró la puerta de inmediato.

—Es bastante amable de su parte —le dijo al conductor—. Me era posible caminar, sabe.

—No sea ridículo —interrumpió Ted, giró el carro y aceleró por la carretera—. Mi madre estará encantada de verlo, aunque sea por la oportunidad de hablar un poco.

Archie asintió, comprendiendo la gravedad de la situación.

—Espero poder reconfortarla.

—¡Es probable que quiera confesar sus pecados! —bromeó el Sr. Bennett—. ¡De seguro habrá bastantes!

El resto del viaje lo pasaron en silenciosa contemplación.

La residencia de los Bennett era una apartada casa blanca al este del pueblo, donde las ocupadas calles daban espacio a las avenidas bordeadas de árboles y un amplio parque, completo con un quiosco y un área de juegos infantil. El Reverendo Matthews no había ido antes a este lado del pueblo y estaba agradablemente sorprendido por el contraste entre el área más adinerada en comparación con las casas adosadas a las que estaba más acostumbrado. No tenía ni idea de cuánto ganaba un capataz de mina, pero era obvio que era una suma más considerable que la de los demás trabajadores. Mientras salían del auto, la Sra. Bennett apareció en la puerta delantera.

—Vicario, qué amable de su parte venir —exclamó, tocando sus rizos y sonriendo.

—Para nada —replicó Archie, quitándose el sombrero antes de entrar—. Es todo un placer.

—Pon la tetera, Doris —llamó Ted Bennett mientras lo seguía de cerca—. Llevaré al Reverendo a que vea a mamá.

Doris Bennett canturreó mientras trotaba desde el corredor hasta la cocina con sus rizos pelirrojos rebotando.

Ted Bennett le indicó a Archie que lo siguiera sobre la gruesa alfombra verde hasta otra puerta, hacia la parte trasera de la casa, donde llamó con fuerza antes de entrar.

—Mamá, el Reverendo Matthews vino a verte.

Mientras entraban, un fuerte aroma a Lirio del valle colgaba en el aire de la habitación, causando que el vicario se encogiera un poco. El olor le recordaba a su abuela.

—Oh, vaya, es un honor —canturreó una dulce anciana sentada en la cama con un cobertor color lavanda—. Venga a sentarse a mi lado, vicario.

Archie caminó hacia la mecedora junto la cama de la

mujer y sonrió.

—Es un placer conocerla —admitió con honestidad, sintiéndose relajado en compañía de la anciana—. ¿Cómo se siente hoy, señora Bennett?

La vieja rio, mostrando sus pocos dientes y las rosadas encías.

—Oh, no me puedo quejar, vicario.

Ella movió la mano hacia su hijo y sonrió.

—Ya nos puedes dejar a solas, Ted, de seguro tienes cosas que hacer. Y pídele a Doris que se apresure con ese té, ¿sí?

Ted Bennett hizo una mueca cuando su madre lo echó.

—De hecho, tengo una reunión del sindicato a la cual asistir. Volveré en una hora, ¿si les parece?

Tanto Archie como la anciana asintieron en unísono.

Resultó ser que la vieja Sra. Bennett estaba muriendo de cáncer. Era consciente de que solo le quedaban unos meses de vida y estaba feliz de vivir sus últimas semanas en la casa de su hijo, donde Ted y Doris podían atender todas sus necesidades. La pobre mujer sentía mucho dolor, le dijo al vicario, pero quería dejar este mundo en el estado más digno que pudiese conseguir.

—Me preocupa Ted —comentó con nostalgia, sacando un viejo álbum de fotos—. Él es bueno con su pobre madre, pero pudo haber conseguido mucho más en esta vida.

Archie bajó la mirada hacia las fotos en blanco y negro que le estaba mostrando. Podía ver que la vieja Sra. Bennett había sido una glamurosa joven en sus días y brillaba con orgullo mientras le mostraba las fotografías de ella con su atractivo marido y su joven hijo.

—Yo diría que a Ted le va bastante bien —comentó

el vicario——. Tiene un buen empleo en la mina, una adorable casa y una atractiva esposa.

——Pff ——bufó la Sra. Bennett, levantando la mirada para encontrar la suya——. No sabe toda la historia.

Archie no pudo hacer nada más que levantar las cejas en duda, pero el momento pasó y la anciana devolvió su atención al álbum de recuerdos.

Luego de una hora de charla sobre las fotos familiares, los habitantes del pueblo y una historia corta sobre cómo la madre de Ted conoció a su marido, era hora de que el vicario se fuera.

——Lo llevaré de regreso a la vicaría, si quiere ——ofreció Ted Bennett——. Tengo que hacer unos mandados.

Archie se puso su abrigo y estiró su mano hacia su sombrero.

——¿Le gustaría que volviera la próxima semana, señora Bennett?

La anciana empezó a reír, pero eso la hizo toser.

——Diría que sí ——logró decir al rato——. ¡Debería participar en "Songs of Praise", vicario, es mucho más atractivo que cualquiera de esos clérigos que tienen!

Archie se sonrojó y se puso su sombrero, inclinando su cabeza para ocultar el rubor en sus mejillas.

——Tal vez podría pensar en algunas canciones para mi funeral ——sugirió la Sra. Bennett, de repente más seria y reflexiva. Archie la vio intentar cubrir su pecho con su manta, sus débiles brazos luchaban con el peso de la lana. Él se acercó para ayudarla.

——Por supuesto, si se siente preparada ——susurró——. Traeré el libro de himnos conmigo.

La vieja Sra. Bennett se dejó caer sobre sus almohadas

y suspiró, se durmió antes de que pudiera siquiera cerrar la puerta.

El día siguiente era domingo, y Archie se levantó temprano luego de otra noche de sueño intranquilo. Hector el gato estaba esperando con paciencia por su desayuno cuando él entró en la cocina y de inmediato se apresuró a restregarse contra las piernas del vicario.

—Qué quieres, pequeño —preguntó Archie malhumorado—. Algo de comer, supongo, en cuanto hayas comido volverás a la cama.

Hector ronroneó con fuerza y arañó la puerta de la alacena, esperando que algo delicioso apareciera.

Luego de alimentar al gato y de prepararse una taza de café, el Reverendo Matthews fue a su estudio para tomar el sermón del día que había preparado esa misma semana. El encuentro con la madre de Ted Bennett lo había inspirado a escribir sobre los vínculos familiares, la fe y la apreciación, ya que uno nunca sabía cuándo podía perder las cosas que dan por hecho. El teléfono sonó mientras Archie sacaba el sermón del folder.

—Vicario —resonó la familiar voz de Elizabeth Fry en la línea—. Lo lamento mucho, pero Martin está enfermo en cama, ¿puedo encargarse hoy por su cuenta?

—Sí, sí —replicó Archie, mirando su reloj y tomando nota en su mente de todas las tareas con las que el Sr. Fry solía ayudarlo—. Ya estoy listo, de hecho, puedo encargarme solo.

—Oh, gracias —dijo el ama de llaves con un suspiro—. Llegaré en media hora para ayudarlo con la música.

Archie dejó el teléfono en su base y se dirigió hacia la puerta trasera. Se puso su abrigo de lana, su bufanda y el sombrero negro que había usado el día anterior; se inclinó para acariciar a Hector en la cabeza antes de salir hacia la iglesia. El enorme gato maulló y se devolvió para terminar con su comida.

Mientras tanto, las notas del sermón de Archie estaban esparcidas y olvidadas sobre el escritorio en su estudio.

—Otro provocador sermón, Reverendo —halagó Ted Bennett mientras Archie le daba la mano a los feligreses al salir de la iglesia—. Le diré a mamá que dijo una oración en su nombre.

—Ah, gracias, señor Bennett, ¿cómo se encuentra ella? —preguntó Archie, asintiendo hacia la congregación mientras se alejaban.

—Esperando volverlo a ver, de hecho —replicó el otro hombre con una sonrisa—. Su visita la alegró en gran medida.

El Reverendo Matthews tocó la pesada cruz de plata que colgaba alrededor de su cuello y apartó la mirada. Cuando volvió a levantarla, Doris Bennett había aparecido detrás de su esposo.

—Oh, me alegra haber proporcionado algo de confort, le daré otra visita el jueves, ¿si le sirve?

Ted Bennett cerró los botones de su chaqueta y asintió.

—Me atrevería a decir que está bien, aunque estaré en el trabajo, por lo que no podré llevarlo en coche esta vez. Será mejor que regresemos, vamos, Doris.

Archie sonrió.

—Por supuesto, la caminata me hará bien. Adiós, un placer volverla a ver, señora Bennett.

Elizabeth Fry vio a Ted y Doris desaparecer a través de las puertas antes de acercarse al lado de Archie. Él notó que estaba ansiosa por decirle algo debido a la forma en que se removía.

—¿Y bien? —inquirió.

—¡Nada! —replicó el ama de llaves, antes de suspirar y darse por vencida—. Oh, vicario, ¡ya me conoce demasiado bien!

Archie apretó los labios y esperó. La Sra. Fry deseaba decirle algo, lo podía sentir.

—¿Notó que todos se fueron mucho más rápido de lo usual hoy? —preguntó al fin.

—Asumí que fue por el frío clima —bromeó el vicario—. Y el hecho de que está empezando a llover.

Elizabeth Fry hizo una pausa para reajustar un anuncio en el tablero antes de decir:

—Hoy hay una gran reunión.

—¿Un domingo? —bufó el Reverendo—. Debe ser importante.

—Los mineros están considerando iniciar una huelga —le contó la Sra. Fry, orgullosa de saber algo que Archie no sabía—. Como representante del sindicato, depende de Ted Bennett conseguir un trato con los jefes de las minas.

Al regresar a la vicaría, solo y con la perspectiva de un estofado de res recalentado, Archie tomó el periódico local y pasó las páginas hasta llegar al centro. Recordaba haber leído algo sobre los planes del gobierno para aumentar los salarios de los mineros al promedio nacional, a las compañías mineras no les agradaba la idea y buscaban retrasar la reforma. Mientras escaneaba el artículo por más información, el pesado aroma de la carne lo distrajo, por lo que apartó el periódico para leerlo más tarde. Por supuesto, cuando había terminado de comer y alimentado a Hector, Archie se quedó dormido en el sofá.

Bang. Bang.

El Reverendo Matthews se sentó de golpe y miró alrededor. Los disparos habían resonado cerca de él y esta vez no parecían cazadores furtivos. La oscuridad dominaba la habitación y se golpeó la pierna contra la mesa de café mientras luchaba por encontrar el interruptor al lado de la lámpara.

—Hector —llamó, con genuina preocupación de que el gato pudiera estar aterrado por el ruido externo—. Aquí, chico.

La puerta de la sala de estar se abrió una fracción, lo suficiente para que el gordo felino entrara. Este se estiró y miró con sueño hacia el vicario. Hector parecía no estar afectado por los disparos.

Archie se acercó a la ventana y miró hacia la oscuridad, con una sensación de *déjà vu* por haber realizado el mismo ritual unas semanas atrás. La noche estaba inmóvil, excepto por una leve brisa.

—Vamos a cerrar y a dormir —le dijo al gato, encontrando algo de confort al creer que Hector lo entendía y le importaba—. Se está haciendo tarde.

A la mañana siguiente, sentado comiendo tostada y mermelada a la mesa de la cocina, Archie le preguntó a Elizabeth sobre el ruido que escuchó la noche anterior.

—No, no noté nada —admitió—. Aunque sí tenía la televisión con el volumen alto anoche, nos gusta ver *"Z Cars"*, verá. El pobre Martin seguía en cama, pero no mencionó nada.

—Qué extraño —murmuró el vicario, más para sí mismo que para la mujer de pie junto al fregadero de la cocina.

—Oh —exclamó la Sra. Fry, recordando algo de repente—. Tiré todos esos viejos periódicos.

Archie inclinó la cabeza y se sirvió una taza de té.

—Bien, estaré en mi estudio.

Para el jueves, el Reverendo Matthews estaba al día con la mayoría de la correspondencia de la parroquia que necesitaba atender y también había terminado el sermón para el domingo. Pretendía dejarlo todo en la mesa de la cocina para el fin de semana, ya que había sido una lucha intentar recordar lo que quería decir sin sus notas el domingo anterior. Era la primera vez en treinta años que había tenido que hablar de memoria. Cuando entró a la cocina un poco antes de las once, Elizabeth Fry estaba sobre sus manos y rodillas limpiando la alacena bajo el fregadero.

—Hay suficientes candelas aquí abajo para iluminar todo el altar por un año —murmuró al escuchar las pisadas del vicario detrás de ella—. ¿Debería llevarlas a la iglesia?

—No es necesario —replicó Archie—. Me gusta tener suficientes candelas en la casa.

—Muy bien —resolló Elizabeth, luchando para levantarse—. Como lo desee.

—¿Está bien? —preguntó el vicario, sintiendo el tenso humor de la mujer—. ¿La he molestado?

—Lo lamento, Reverendo Matthews —logró decir la Sra. Fry al final—. Es solo este asunto con la mina, todos están preocupados por sus trabajos y es el pilar de nuestra comunidad.

—Ya veo —dijo Archie con un asentimiento, aunque era claro que no lo entendía—. ¿Cuándo tomarán una decisión los jefes?

—En algún momento hoy —respondió el ama de llaves con cuidado—. Ted Bennett está hablando con ellos ahora.

Los ojos del clérigo se iluminaron cuando recordó de repente.

—Por supuesto, ¡la vieja señora Bennett!

Le tomó casi media hora al vicario completar el largo camino hasta la residencia Bennett y podía sentir sus mejillas sonrojadas por el contraste entre el cruel viento y el calor de su cuerpo. Se quedó de pie con una mano contra un pilar de concreto cerca del camino de entrada, intentado recuperar su aliento antes de tocar el timbre. La casa parecía cálida y acogedora con varias luces encendidas y un leve hilo de humo que salía desde la chimenea. Había traído el libro de himnos como prometió y un ramo de narcisos del jardín de la vicaría.

Archie caminó hasta la puerta y fue recibido unos segundos después por una cansada Doris Bennett.

—Hola de nuevo, vicario —le dio la bienvenida mientras sostenía una toalla húmeda en su mano libre—. Adelante.

Archie se quitó su sombrero y abrigo en el pasillo y luego siguió a la Sra. Bennett hasta la habitación de su suegra. El aire era pesado con el perfume de la anciana y estornudó al entrar.

—Oh, vaya —canturreó la anciana, intentando levantarse sobre las almohadas—. Reverendo Matthews.

—Aquí, permítame ayudarla —ofreció Archie, entregándole las flores a Doris—. Creo que es necesario cuidar estas un poco, aquí tiene.

La Sra. Bennett suspiró y miró al vicario con agradecimiento.

—Gracias, eso es mucho mejor.

—Prepararé el té —indicó Doris, avergonzada de que pareciera que estaba evitando sus deberes para la enferma—. ¿Puede comer algo de sopa, mamá? ¿Y usted, Reverendo?

El vicario negó con la cabeza.

—Oh, no, no para mí, gracias, pero una taza de té sin azúcar sería agradable.

Tan pronto como la puerta de la habitación se cerró, la anciana le indicó a Archie que se acercara.

—Hay problemas —susurró con voz ronca—. Marque mis palabras.

—¿Qué clase de problemas? —presionó Archie—. ¿Entre su hijo y su esposa?

La vieja bufó y tomó la mano del clérigo.

—No, vicario, problemas mayores.

Archie levantó sus cejas y esperó por más, pero el momento pasó y Doris Bennett volvió a entrar a la habitación con las flores en un florero de cristal. Ella miró al par con cuidado, como si estuviese consciente de que habían estado hablando sobre ella y luego volvió a salir, dejando la puerta entreabierta. El vicario dedicó su atención al pequeño libro de himnos que había metido en su bolsillo antes de salir y lo abrió en una página al azar.

—¿Tiene algún himno favorito? —preguntó con tacto, pero era demasiado tarde, la anciana estaba dormida, roncando con alegría y un hilo de saliva que caía desde sus labios.

Luego de una hora sentado con paciencia al lado de la cama de la Sra. Bennett, bebiendo té y viendo cómo se formaba una gruesa capa sobre la sopa en el tazón, Archie se levantó para irse. Mientras lo hacía, la puerta delantera se cerró de golpe y escuchó la voz de un hombre llamar.

—¿Doris, dónde estás? —gritó Ted Bennett—. Necesito que tu padre lleve esto al banco.

—Ya voy —gritó su esposa—. ¡Oh, no, no de nuevo Ted!

Cuando Archie giró en la esquina hacia el pasillo principal, se encontró de frente con el representante de la Unión, quien sostenía un pesado paquete de papel marrón en su mano. Doris Bennett estaba detrás de él en la entrada de la cocina. Ambos parecían sorprendidos de ver al vicario de pie entre ellos.

—¡Reverendo Matthews! —tartamudeó Ted, mirando a su esposa—. No tenía ni idea, es decir, olvidé que estaba…

—Señor Bennett —replicó el vicario, mirando del esposo a la esposa, intentando determinar la causa de la alarma—. Su madre está dormida, por lo que me iré ahora.

El color empezó a volver al rostro de Ted cuando recordó el propósito de la presencia del vicario en su hogar.

—Ah, sí, por supuesto —aclaró—. Duerme mucho últimamente.

Archie señaló hacia el perchero.

—Si pudiera tomar mis cosas…

Ted Bennett se apartó para dejar que el vicario pasara, escondiendo el paquete detrás de su espalda mientras lo hacía.

—¿Está todo bien? —preguntó Archie, sintiendo la tensión en el aire—. No es que quiera entrometerme, claro.

—Sí, vicario —dijo Ted con un suspiro, mirando a su esposa—. A pesar de lo que mi delirante madre pueda haberle dicho. Está perdiendo su mente, ¿sabe?

Archie luchó poniéndose su chaqueta e inclinó su sombrero hacia el otro hombre.

—Me iré ahora. —Pero luego se le ocurrió una idea—. Oh, ¿cómo está todo en la mina, señor Bennett?

—Bien —replicó el robusto hombre con orgullo—. Convencí a los empleados de retrasar su aumento hasta Navidad. De esta forma, los jefes tendrán más tiempo para organizar todo de la mejor manera.

En su caminata de regreso por el pueblo, el Reverendo Matthews pensó con cuidado en lo que había visto y oído esa tarde. Le parecía muy extraño que un minuto los mineros estaban por iniciar una huelga y al siguiente el Representante del sindicato había conseguido un milagro al acordar retrasar la acción. La época festiva estaba a nueve meses, razonó, se podía ganar mucho dinero en ese tiempo, parecía una locura que los mineros aceptaran este trato. A menos, claro, que su adorado líder los hubiera convencido, de alguna manera, de que valdría la pena esperar por la recompensa. Y cuál beneficio podría traerle a Ted Bennett, consideró el vicario, a menos que el paquete de papel marrón tuviera algo que ver con esto. Treinta minutos después, al llegar hambriento y empapado a la vicaría, Archie se detuvo para mirar hacia la iglesia, preguntándose cuánto tiempo pasaría hasta que tuvieran que enterrar a la anciana Sra. Bennett.

Su pregunta fue recibida por una breve llamada esa semana. Parecía que la anciana solo se había quedado dormida unos pocos días después de la visita de Archie y nunca despertó. No había sufrido, pero el dolor del cáncer dentro de ella se había vuelto demasiado y su frágil cuerpo se había rendido. Archie se sintió triste por no haber llegado a conocer a la anciana Sra. Bennett y se decidió a ir a la iglesia esa misma tarde para encender una candela y decir una oración especial.

Mientras el Reverendo Matthews estaba sentado en el banco delantero con sus manos unidas, murmurando la Oración del Señor, escuchó el familiar sonido de la puerta abrirse y un par de pisadas en el suelo de piedra detrás de él. No se giró, la mayoría de las personas que venían a la iglesia a mitad del día eran como él y buscaban consuelo y paz, pero los sentidos de Archie se activaron cuando el visitante se sentó en el banco detrás de él.

—Era una buena mujer, mi mamá —susurró la voz áspera—. Honesta y trabajadora.

Archie esperó a que el hombre continuara, sus ojos fijos sobre la ventana de vidrio teñido frente a él.

—A diferencia de mí, no soy nada más que un Judas.

Hubo un silencio mientras el hombre tragaba con fuerza y consideraba sus siguientes palabras.

—De seguro eso no es verdad —afirmó el vicario, esperando que el otro hombre continuara—. De seguro ella estaba bastante orgullosa.

—El paquete —continuó la voz—. Lo vio con total claridad.

—Sí —admitió Archie, sentando derecho y apoyándose en el respaldar de la banca de madera—. ¿Hay algo que necesite decirme, señor Bennett?

—Acepté un soborno de los jefes de las minas —murmuró Ted, deseando poder retractarse de la confesión que acababa de salir de sus labios.

—¿Y? —presionó el vicario—. ¿Qué hará cuando llegué la Navidad y los aumentos deban pagarse?

—Ya me habré ido —respondió—. Es más que suficiente para que emigremos a Australia.

Archie estiró sus dedos y cerró los ojos, pensando.

—Va a devolver ese dinero, Ted Bennett —dijo con firmeza—. O, Dios me libre, ¡lo pondré en una tumba al lado de su madre!

CINCO

Los Brownlow

Un mes después del funeral de la Sra. Bennett, Ted renunció como Representante del Sindicato en la mina y Archie empezaba a sentirse menos tenso cuando se lo encontraba en la calle. No estaba del todo seguro de qué había sucedido con los jefes, pero el Sr. Bennett le había asegurado que había devuelto el dinero y el nuevo líder estaba negociando los pagos. Tampoco había sido un daño que una considerable donación anónima había aparecido para el fondo para la restauración de la iglesia. El vicario había establecido su autoridad en la moralidad de la parroquia y pretendía mantenerse atento sobre sus desobedientes feligreses.

Una semana antes de la Pascua llegó una carta impresa a la vicaría, informando al reverendo Matthews de que un dueño de un pub pretendía realizar un "Certamen de Whist y Sorteo" en su establecimiento. Parecía que la participación de Archie era obligatoria como árbitro del sorteo, un rol con el que se había familiarizado en los últimos años, aunque habría preferido una excusa para poder rechazar. El evento sería al día siguiente, por lo que el vicario no tenía bastante tiempo para prepararse mentalmente, pero no tenía mucho que hacer excepto planchar sus mejores pantalones y encontrar un premio adecuado para donar. Sin embargo, al ser un hombre al que le desagradaba lo desconocido, decidió llamar a "The Swan" para pasar por una bebida esa misma noche. Archie había conocido al dueño, Michael Vickers, varias veces en la misa del domingo. Aunque no era un asistente regular, debido a sus múltiples deberes laborales necesarios antes de abrir, el vicario lo consideraba un hombre bastante jovial con una disposición relajada.

A las siete en punto, se pudo ver una alta figura salir de la vicaría y dirigirse al ocupado pueblo. El aire estaba frío con fuertes ráfagas de viento tirando de la cola de la chaqueta del vicario, quien contempló devolverse más de una vez. No obstante, una fuerte sensación de deber y la promesa de una decente pinta de cerveza mantuvieron a Archie en su camino y pronto llegó a la taberna blanca y negra.

"The Swan" solía ser un mesón del siglo diecisiete, por lo que era tradicional tanto en su interior como en su exterior. Servía cervezas de buena calidad y comida tradicional, tenía un personal amigable y un propietario que no podía hacer lo suficiente por los hombres y mujeres que compartían sus productos. El interior estaba reluciente, a pesar de que el suelo recibía un flujo constante de botas de mineros y cada una de las botellas de licor relucía bajo la luz. Tenía todo lo que una taberna local podía ofrecer a sus clientes, aunque Michael Vickers había admitido para Archie que, de lunes a jueves, luchaba para llenar los bancos en la barra. La cocina estaba mucho más desocupada durante la semana, a pesar de tener una distinguida reputación de servir la mejor cacerola de cordero en el pueblo y su pudín de caramelo chicloso podía competir con el de los mejores restaurantes. Era sorprendente.

Abrió la puerta rápidamente, ansioso por salir del frío; Archie estuvo complacido por sentir la inmediata calidez que radiaba desde la chimenea abierta. Tres jóvenes, vestidos con pantalones de mezclilla y camisas de cuello amplio, se girar casualmente para mirar al recién llegado.

—Muy bien, vicario —llamó Michael Vickers desde el extremo más lejano de la barra donde estaba estudiando un periódico—. ¿Cuál es su favorita? ¿Una pinta o una corta?

Archie se quitó la chaqueta y se acercó al bar, ansioso por saciar su sed con una de las cervezas especiales de barril del dueño.

—Buenas noches, señor Vickers, sería una pinta de su mejor cerveza amarga, por favor.

Los tres clientes en la barra dejaron de hablar y uno le ofreció un asiento a Archie.

—Tome asiento, Reverendo.

Archie sonrió agradecido y asintió hacia la chimenea.

—Creo que me sentaré más cerca del fuego, chicos, estos viejos huesos necesitan descongelarse.

Uno de los hombres rio con fuerza.

—Ja, ja, eso es lo que siempre me dice mi padre.

—Ya está, Damian —interrumpió el propietario, mirando el rostro sonrojado de Archie—. Tome asiento, Reverendo, y le llevaré su pinta. ¿Supongo que vino a hablar sobre el Certamen de Whist?

—En efecto —replicó el vicario, buscando en sus bolsillos por algunas monedas para pagar su bebida.

—Esta va por la casa —dijo Michael Vickers con una

sonrisa, negando con la cabeza——. Puede gastar su dinero mañana.

Archie disfrutó su noche en la taberna. Los jóvenes resultaron ser una fuente de entretenimiento con su frívola charla y elecciones musicales, y el propietario era bastante agradable, ofreciéndole a Archie otra pinta gratis y más de una hora de perspicaz conversación. Hablaron sobre Harold Wilson, el Primer Ministro fumador, la reciente oleada de bombardeos del IRA y por supuesto las disputas mineras que amenazaban a toda la nación. Michael Vickers probó ser una compañía bastante educada y social y, aparte de algunas pausas en el diálogo cuando se aleja para servir a los demás clientes, los dos hombres impresionaron al otro con su conocimiento de la situación actual. A pesar de haber temido el futuro Certamen de Whist cuando llegó, Archie se encontró ansioso por regresar a "The Swan". Si la siguiente bienvenida era siquiera la mitad de cálida, entonces estaría bien.

La mañana siguiente, el vicario se encontró refrescado y vivaz, luego de disfrutar un sueño decente después de la cerveza de calidad que había tomado la noche antes. De hecho, el cambio en su comportamiento fue tan evidente que la Sra. Fry casi tuvo que comprobar que estaba en la casa correcta cuando llegó el viernes. Tuvo que detenerse cuando encontró al Reverendo Matthews preparándose una tostada y cantando las palabras de "Hold Me Closer" de David Essex, una canción que sonó tan repetida en el tocadiscos de la taberna que las palabras se quedaron pegadas en la cabeza del clérigo. Elizabeth tosió, parecía la mejor acción posible.

——Ah, señora Fry, buenos días. Solo estaba…

El ama de llaves espero con una ceja levantada en anticipación.

—Ahm, en fin —empezó Archie, cambiando el tema—. ¿Usted y su buen esposo vendrán al Certamen de Whist de esta noche?

Elizabeth apretó los labios, conteniendo la gran sonrisa que amenazaba con escapar.

—Sí, eso creo.

—Excelente —continuó el vicario—. Ahora, de verdad debo trabajar en algo de… ah, papeleo.

—Le llevaré un café —llamó la Sra. Fry detrás del hombre que se alejaba por el pasillo con el cuchillo y la tostada apretados entre sus dedos—. Y algunas servilletas.

Archie pasó la mañana revisando el diario negro. Quería ver si su predecesor había escrito alguna nota sobre Michael Vickers, sería una lástima formar un vinculo con el hombre para descubrir que era corrupto, estaba loco o tenía alguna de las otras extrañas aflicciones que parecían poseer a sus feligreses. Sin embargo, no había nada. Parecía que el propietario de la taberna no tenía nada, literalmente, interesante como para escribirlo, lo cual complació al vicario.

Por lo tanto, esa noche, con una lata de sus mejores galletas shortbread escocesas bajo su brazo como donación para el sorteo, Archie se encaminó de nuevo hacia "The Swan" de buen humor. Aunque esperaba que el evento no se tardara por horas, estaba esperando ayudar a recaudar fondos para un par de caridades locales y también consumir más de la excelente cerveza del Sr. Vickers. Cuando llegó, Elizabeth Fry estaba saliendo del automóvil de su marido, tenía un pañuelo de seda atado bajo la barbilla y una capa de labial rojo en sus labios. Al ver a

Archie, le dijo a Martin que se apresurara y estacionara el vehículo; ella se apresuró a tomar el brazo de su jefe. Los tres entraron a la acogedora calidez de la taberna.

Pronto fue evidente que algunos de los jugadores de Whist ya estaban calentando, algunos juegos amistosos ya habían empezado en la parte trasera de la habitación. Archie no tenía intención de participar en los juegos de cartas, pero el ama de llaves lo convención y, con una pinta de cerveza en la mano, pagó su cuota para unirse y agregó su nombre a la creciente lista de ansiosos competidores. Elizabeth Fry se negó a jugar, ya que le habían dado la tarea de vender los tiquetes del sorteo, por lo que el vicario se sentó apretujado en un asiento en la esquina junto al Sr. Fry.

—Otra fría noche, vicario —notó Martin Fry—. Debió habernos dejado traerle en carro.

—Bueno, me gusta hacer algo de ejercicio cada día —explicó Archie, tomando un sorbo de su cerveza fría—. Pero estaría agradecido a la hora de volver si está lloviendo.

—Claro, no es ningún problema —prometió ell otro hombre, tomando su vaso de limonada.

—¿No bebe, señor Fry? —pregunto el vicario, mirando su propia pinta.

Martin rio.

—¡No cuando voy a llevar al Reverendo Matthews a su casa desde el pueblo!

—Oh, claro —dijo Archie con el ceño fruncido—. Yo solo beberé un par esta noche.

Durante la noche, el Reverendo Matthews gastó muy poco dinero, pero llegó a beber mucha cerveza, gracias a la generosidad de los clientes. No se sentía borracho, pero estaba mucho más tranquilo en su entorno y disfrutó la compañía de los demás ciudadanos.

—Disculpe, vicario —canturreó una mujer bien proporcionada, presionando sus gruesos muslos contra el borde de la mesa—. Tengo que volver a salir.

Archie suspiró. Esta era la tercera vez que Eva Brownlow había tenido que pasar sobre los asientos para luego desaparecer por una media hora, más o menos. No estaba controlando la hora, pero le pareció al vicario que la mujer y su esposo nunca estaban en el área de la barra juntos por más de treinta segundos. Tan pronto como uno mostraba su cabeza, el otro desaparecía de la vista. De verdad era de lo más extraño. Luego de esta instancia, Archie decidió vigilar a la pareja, aunque sabía que su actual racha de éxito en las cartas podría acabarse al hacer eso. No obstante, estaba demasiado intrigado como para no comprobarlo. Como era de esperar, perdió la siguiente ronda y resolvió levantarse para ordenar otra pinta. Mientras lo hacía, Eva Brownlow se escabulló por la puerta lateral. Perplejo, el vicario dejó su dinero sobre la barra junto a su vaso vacío y siguió a la mujer al exterior.

Había un largo callejón adoquinado que cubría toda la extensión de la taberna; hacia el final, Archie vio un rastro del material azul pálido del vestido de Eva Brownlow. Intentando mantener una distancia razonable y un ojo fijo sobre su presa, el vicario aceleró su paso, agradecido por sus sensatos zapatos con suela de goma por no hacer ruido sobre las piedras húmedas. Al final del callejón, pudo ver a la mujer abrir una puerta entre dos paneles de una cerca y entrar. Archie la siguió y se quedó en el exterior de la puerta escuchando.

—Rápido, amor —urgió una voz masculina—. Estoy jadeando por una pinta.

—Dios, Len, ¿cómo iba a saber que hoy estaría tan ocupado? —escuchó a Eva replicar.

—Tengo seis botellas esperando ser llenadas aquí —indicó el hombre——. Y el Doc Evans llegará con otras botellas vacías en media hora.

Los oídos de Archie se levantaron cuando escuchó el nombre del médico.

—Muy bien, vete y ten una cerveza —indicó la Sra. Brownlow, recogiendo algo del suelo——. Pero no tardes tanto, está helado aquí.

Al sentir que el hombre estaba a punto de irse, Archie se escondió detrás de un basurero. Las pisadas se acercaron, pero se detuvieron mientras el hombre abría la puerta.

—¿Oh, Eva? —llamó el hombre en un susurro ronco——. Déjanos ese libro de tiquetes.

Hubo un sonido de pelea y un golpe sordo, seguido por la puerta abriéndose y pesadas pisadas alejándose.

El Reverendo Matthews suspiró aliviado y se levantó, su espalda crujió mientras se enderezaba. No había señal de nadie en el callejón, pero podía escuchar el sonido desde el otro lado de la puerta. Archie movió un tablón de madera con las puntas de los dedos para poder ver.

La parte trasera de una pequeña cabaña blanca daba al callejón. Las luces del piso inferior estaban encendidas y podía ver la figura de Eva Brownlow moverse alrededor en la habitación más grande. Parecía estar luchando para girar algo, pero el vicario no podía ver con exactitud lo que era. Hubo bastantes maldiciones desde la boca de la mujer, lo cual provocó que su robusta figura se viera mucho más cómica.

—Maldita cosa —gritó, meciéndose de un lado a otro——. ¡Maldito Len, apretando todo!

Archie observó, algo entretenido, pero sin conocer las misteriosas técnicas de la Sra. Brownlow. Estaba empezando a llover de nuevo, por lo que dejó su punto de espionaje y volvió a la taberna.

En la barra, estaba la pinta de Archie esperando, aunque para ahora la espuma ya había desaparecido y el líquido color ámbar estaba a temperatura ambiente. Miró alrededor de manera furtiva y encontró al Sr. Brownlow bromeando con sus amigos.

—Me alegra que volviera —gritó Michael Vickers sobre el ruido mientras tocaba el brazo del vicario—. Es hora del sorteo, todos están impacientes. ¿A dónde desapareció?

—La naturaleza llamó —respondió Archie, pensando con rapidez—. Estoy listo en cuanto lo esté.

El propietario sonrió y le entregó a Archie un balde lleno con tiquetes de colores, todos bien doblados en cuadros. Al otro lado de la habitación, Martin y Elizabeth Fry levantaron sus pulgares hacia él.

Una hora después, sentado en la parte trasera del auto de los Fry, aferrado a un peluche de panda que ganó en el sorteo, el Reverendo Matthews se sintió alegre por la cerveza y confundido por lo que había visto esa noche.

—Díganme —se arriesgó a preguntar, intentando sonar casual, pero fallando por completo mientras las palabras se arrastraban—. ¿Son buenos amigos de los Brownlow?

La mirada furtiva entre la pareja fue suficiente para decirle que lo eran, pero la sustancial cantidad de cerveza que había consumido causó que Archie continuará, de forma imprudente, con su línea de preguntas.

—¿Qué hacen en esa cocina suya? —preguntó audaz—. ¿Lo saben?

Martin Fry le lanzó a Archie una mirada en el espejo

que podía ser "Silencio, vicario" o "Le diré después", no estaba del todo seguro. Elizabeth continuó mirando por la ventana.

Archie asintió hacia el conductor, mostrando que entendió el silencioso mensaje y abrazó el panda con fuerza. Se sentía demasiado borracho como para hablar en ese momento y no podía esperar para descansar su cabeza en la almohada.

—Aquí estamos —anunció Martin Fry al detenerse fuera de las puertas de la vicaría—. ¿Quiere que lo acompañe hasta la puerta?

—No sea tono... toto... tonto —logró finalizar el vicario, levantándose del asiento trasero—. Nos vemos el domingo.

—De hecho nos vemos mañana —lo corrigió Elizabeth, entretenida y cansada por su propio estado.

El Reverendo Matthews pasó una hora afuera en el frío, intentando encontrar sus llaves.

Al día siguiente, la Sra. Fry encontró al vicario en su cama con una botella de agua caliente y el gato. Caminó en silencio por la casa, completando sus deberes de la mejor manera posible para dejarlo dormir y luego, al mediodía, decidió que era hora de llevarle una dosis de su remedio casero. Llamó a la puerta del dormitorio de su jefe y entró con lentitud.

—¿Vicario? —susurró—. ¿Está despierto?

—¡Mmm, oh, señora Fry! —balbuceó Archie, reuniendo las mantas a su alrededor—. ¡No la escuché llamar!

—Bueno, lo hice —insistió ella—. Bastante fuerte, de hecho. Le traje un caldo de pollo y un ponche caliente.

—Gracias —susurró el vicario, cediendo un poco—. Es muy amable.

Elizabeth dejó la bandeja en la mesa de noche y

caminó hacia la ventana para abrir las cortinas. La luz del sol inundó el dormitorio y Archie entrecerró los ojos, levantando un brazo para cubrir sus ojos.

—Coma —ordenó el ama de llaves—. Luego de eso se recuperará del todo.

El vicario se forzó a sentarse e inhaló el delicioso aroma que salía del tazón de porcelana.

—Vaya, señora Fry —comentó, sintiendo la saliva empezar a llenar su boca—. Esto huele increíble.

—Es la receta secreta de mi madre —dijo Elizabeth con una risa, alejándose de su jefe—. Una cura milagrosa.

Increíblemente, el caldo de pollo y el extraño té de limón que Archie bebió le dieron la fuerza suficiente para prepararse un baño caliente y vestirse. Hector estaba acostado sobre la cama, viendo a su compañero con recelo.

El vicario no se sentía del todo recuperado, pero estaba lo suficientemente bien como para revisar la orden del servicio para el día siguiente. La Sra. Fry había anticipado que se levantaría de la cama, por lo que el fuego ardía en la sala de estar. Archie volvió a agradecer a su suerte por la increíble mujer en su casa.

—Ah, ahí está —comentó Elizabeth con una sonrisa, apareciendo de repente con un plato en su mano—. Le preparé unos emparedados para más tarde, pasta de pescado.

—Gracias —aseguró Archie—. Ese fue un remedio increíble, ¿puedo preguntar qué contenía?

—No, no puede —replicó juguetona—. Siempre y cuando haya funcionado, eso es todo lo que necesita saber.

Al día siguiente, el Reverendo Matthews volvió a ser su antiguo ser, el cual era algo malhumorado, un poco distante y extremadamente profesional. Sus notas estaban en orden y había seleccionado unos himnos alegres en un intento para subir el espíritu de su congregación en esta fría y miserable mañana de primavera.

Elizabeth Fry estaba encantada de ver al vicario bien descansado y con un rastro de color en sus mejillas, había estado preocupada por su bienestar el día anterior, sobre todo porque el clérigo no tenía esposa para cuidarlo. Cuando entró a la iglesia con su esposo, el ama de llaves hizo una pausa para ver a Archie colocar el cáliz de vino en el altar. Un hombre tan atractivo, pensó para sí, pero con tales demonios personales. Ansiaba descubrir qué era lo que lo atormentaba.

—Buenos días —empezó Archie al ver a la pareja acercarse—. Otro lluvioso domingo, esperemos que haya una buena participación. Ahora, revisemos los himnos, ¿sí?

La iglesia estaba llena como siempre, a pesar de las terribles condiciones climáticas y el vicario predicó con gusto y orgullo para una congregación bastante atenta. Revisó los bancos por alguien que no estuviera prestando atención; la mirada de Archie cayó sobre los Brownlow sentados en la tercera fila, sus cabezas meciéndose ligeramente hacia adelante mientras dormían. Tanto el esposo como su mujer ignoraban su despectiva mirada y las personas junto a ellos tuvieron que clavarles los codos en las costillas para que la pareja se despertara. Siempre profesional, el Reverendo Matthews continuó con su discurso sin falla hasta que fue la hora de la Santa Comunión.

Mientras los feligreses caminaban para tomar su ostia y vino del vicario, Archie mantuvo su mirada fija en los agotados Brownlow y ansío mostrarles que sabía con la mirada mientras se acercaban. Primero llegó Eva Brownlow, su corpulento cuerpo tropezó hasta el altar como si estuviera en piloto automático. Archie presionó la ostia sobre su lengua y le ofreció el cáliz de vino mientras intentaba encontrarse con su mirada. Eva levantó la mirada, inconsciente de que la vigilaba de cerca, con claras ojeras bajo sus ojos. El Reverendo Matthews miró detrás de la mujer y vio que su marido se veía igual de cansado o peor. Administró el resto del vino sin pausas y continuó el servicio; votó hablar con la cansada pareja cuando tuviera la oportunidad de verlos en privado.

Como resultó ser, el resto de la congregación estaba ansiosa por irse a sus coches o bicicletas y regresar a sus cálidos hogares, dejando a los lentos Brownlow al final. Archie levantó su mano izquierda hacia Eva, colocando la otra mano sobre su brazo. Habló en voz baja con genuina preocupación.

—¿Está todo bien, señora Brownlow? La noto cansada.

Eva asintió y se encogió de hombros.

—Sí, vicario, estoy bien. Solo un poco cansada, eso es todo.

—Ambos lo estamos —agregó Len Brownlow, rodeando los hombros de su esposa con un brazo—. Nada que una noche de sueño no pueda arreglar.

—Ya veo —comentó Archie—. Trabaja en la mina, ¿cierto, señor Brownlow?

—Sí, así es —confirmó Len, inflando sus mejillas—. Es un trabajo duro.

—Bueno, si alguna vez necesita hablar o… —la voz del vicario cayó.

Los Brownlow asintieron en unísono y se giraron para irse, Eva sacó un paraguas azul para enfrentarse a la lluvia.

Aunque su conversación con los Brownlow había sido breve, Archie la repasó en su mente por varios días. No le gustaba hacerle preguntas a la Sra. Fry sobre sus feligreses, no parecía correcto, por lo que el vicario volvió a consultar el diario negro.

Leyó, con su dedo índice siguiendo la letra cursiva para descifrar las letras:

"Leonard y Evaline Brownlow, una trabajadora y honesta pareja, fieles el uno con el otro y buenos padres para sus hijos. La familia ha luchado con problemas económicos por algún tiempo, ya que pagan por la residencia de la madre de Evaline en el hogar de ancianos...

Archie se quedó pensando por un largo tiempo, preguntándose cómo la falta de sueño y dinero estaban afectado a Eva y Len. Sabía que la Sra. Brownlow tenía una trabajo de medio tiempo como encargada de limpieza en el supermercado local, pero dudaba que su salaría tuviera un gran impacto sobre sus gastos. Las residencias geriátricas eran caras, contempló, la pareja debía estar luchando para cubrir los gastos. Sentado en su suave sillón de cuero, mirando por las ventanas francesas hacia el inmaculado terreno de la vicaría, Archie se preguntó cómo podría ayudar. No tenía los medios suficientes para hacer una donación y, además, la ayuda a corto plazo solo aliviaría la presión por un momento. Debía haber otra manera. Archie empezó a rezar.

Le rezó al Señor por una respuesta, esperando recibir un rayo de inspiración repentino con la resolución que necesitaba con desesperación. Archie sabía que era demasiado tarde para corregir la tristeza en su propia vida, pero si podía aliviar la carga para los Brownlow sabría que Dios estaba escuchando.

La respuesta le llegó al Reverendo Matthews en medio de la noche. Sin embargo, le tomó varios días, un par de viajes al pueblo y muchas llamadas ponerlo en acción, causando que su irregular sueño fuese mucho más errático. Para el Viernes Santo el vicario estaba abrumado, pero se sentía positivo.

—¿Más té, vicario? —preguntó la Sra. Fry con respeto, mientras él estaba sentado leyendo el periódico de la mañana.

—Sí, por favor —replicó Archie, empujando su taza sobre la mesa de la cocina y doblando el material de lectura—. ¿Qué le parecería ayudarme a preparar una búsqueda de huevos para los niños locales luego de la misa del domingo, señora Fry? Por supuesto, le puedo dar algo de tiempo libre en vista de...

—¡Vaya, vicario, me parece una gran idea! —exclamó el ama de llaves, casi saltando de alegría—. Y me ofrezco a ayudar, puedo ir a Woolworth's hoy, sabe, a comprar los huevos de chocolate.

—Ah, estaba pensando en la opción más saludable de huevos hervidos pintado —comentó con un susurro—. Pero, claro, tiene razón, señora Fry, los niños de hoy en día prefieren los dulces.

Elizabeth sirvió el té en la taza y estudió el rostro de Archie, algo había cambiado y los rastros del hombre parecían más suaves, más amables incluso.

—Si no le molesta mi pregunta —se aventuró a preguntar—. ¿Qué lo hizo pensar en esto?

—Nada en particular —comentó con un encogimiento de hombros—. Solo pensé que sería algo agradable.

La Sra. Fry dirigió su atención hacia los panecillos de cuaresma que estaba preparando. Las sorpresas nunca acababan, pensó.

. . .

Esa tarde, el Reverendo Matthews se encaminó hacia el pueblo para explicarle su plan a la familia Brownlow. Esperada que vieran su intervención como genuina preocupación y amabilidad, pero muy a menudo, como había sucedido en el pasado, recibía ataques de parte de las personas que veían sus deberes parroquiales como una intromisión y fisgoneo. Sabía que la mina cerraba a mediodía por ser una efeméride y, con esto en mente, esperaba encontrar a Eva y Len en su hogar. El hijo menor, Mark, abrió la puerta, pero, en lugar de invitar al vicario, el joven de pelo largo lo dejó de pie en el umbral y desapareció en la parte trasera de su casa para buscar a sus padres. Archie se quedó en la alfombra de bienvenida viendo hacia el interior. La pequeña casa era sorprendentemente caliente y estaba bien iluminada.

—Hola, Reverendo —saludó Len Brownlow con alegía mientras caminaba hacia la puerta delantera. Tenía una toalla blanca sobre un hombro y pantuflas marrones cubrían sus pies, pero el gran hombre no usaba camisa, solo un chaleco blanco. Estaba sudando bastante.

—Buenas tardes. —Archie sonrió—. Me preguntaba si podíamos hablar.

—Ah, claro —contestó Len incómodo—. Es solo que estoy un poco ocupado y…

—Oh, no tardaré mucho —le aseguró el vicario, quitándose su sombrero y entrando—. Además tengo buenas noticias para toda su familia.

El Sr. Brownlow se quedó sin palabras y se rascó la cabeza.

—Será mejor que entre, entonces.

Sentado en la sala de estar, el Reverendo Matthews miró alrededor al papel tapiz y el sofá semejante al cuero. La habitación estaba limpia y en orden, pero las fotografías en las paredes no mejoraban la decoración.

—Oh, veo que es aficionado de Van Gogh —notó, señalando un cuadro enmarcado de la famosa obra "Los Girasoles".

—¿Ah? —preguntó Len Brownlow—. ¿Van quién?

—No importa —bufó Archie, decepcionado por la ignorancia del otro hombre sobre el arte—. ¿Está su esposa en casa?

Len Brownlow asintió y fue al pasillo para llamarla, dejando al vicario admirar un juego de patos de cerámica en vuelo que colgaban a intervalos esporádicos en la pared.

—Shh —susurró una voz al otro lado de la puerta de la sala—. Y no le ofrezcas té.

Los oídos de Archie se agudizaron. Tenía muy buen oído y podía entender la suave conversación.

—¿Por qué no le dijiste que estábamos ocupados? —murmuró una voz femenina—. No podemos arriesgarnos a que se quede mucho rato.

—Muy bien, entonces finge estar enferma —respondió el hombre con tono suave—. Vamos…

Cuando la puerta se abrió, Archie se giró para ver a los ocupantes de la casa con una expresión de desconcierto, la cual les indicó que él había escuchado toda la conversación.

—No quiero molestarlos —le aseguró a la pareja—. Pero tengo algo que decirles.

En ese momento hubo un fuerte golpe y los tres adultos corrieron a ver lo que había sucedido. Guiando el camino, era aparente que Len Brownlow sabía dónde había ocurrido la calamidad con exactitud, por lo que entró a la cocina con fuerza y dejó salir un fuerte grito. Cerca detrás de él, estaban Archie y Eva viendo hacia el interior.

La escena que lo recibió era un desastre. Tres cuartos

de la habitación estaban llenos con equipo que claramente pertenecía a una destilería, había un enorme agujero en el techo de la cocina, había un líquido trasparente derramado sobre el suelo y Archie notó el distintivo olor a alcohol.

—¡Un negocio de alcohol ilegal! —exclamó, mirando entre los Brownlow—. ¡Así que esto es lo que estaban haciendo la noche del Certamen de Whist!

Len miró del agujera al vicario y luego hacia sus dos hijos que intentaban limpiar y salvar algo del licor que salía del tanque roto.

—¡Es la única manera para pagar todo! —gritó Eva, viendo que era claro que tenían que dar una explicación—. Tenemos a mi madre en una residencia que hay que pagar.

Archie suspiró y dejó a la familia para que limpiaran el desastre.

Más tarde esa noche, el Reverendo Matthews volvió a la casa de los Brownlow con un paquete de información y mucho más tranquilo.

—Ahí lo tienen —terminó, dejando su vaso de limonada sobre una mesa—. Preparé todo para que su madre se mude al "Hogar de convalecientes de St Bernadine" el próximo lunes. Su cuidado será financiado por la caridad de las monjas y son solo diez minutos más en auto.

—¿Y no tenemos que pagar nada? —preguntó Eva incrédula—. ¿Nada?

—Nada en absoluto —repitió Archie, pasándole el manojo de documentos.

—¿Cuál es la trampa? —preguntó Len Brownlow, incapaz de creer lo que escuchaba—. Tiene que haber alguna.

—No —reafirmó el vicario con una sonrisa—. Ah, bueno, solo una. No más licor ilegal. ¿Trato?

—Trato —aceptó Len, inclinándose para darle la mano a Archie con fuerza.

—Ahora tal vez "The Swan" pueda ganar lo suficiente —murmuró Archie mientras cerraba la puerta delantera.

SEIS

Florence Wheeler

Era el día festivo de mayo y los Fry había reservado unos días en un campo vacacional, dejando al Reverendo Matthews por su cuenta. No le molestaba, aunque la enorme vicaría parecía tener un eco continuo sin el ruido del ama de llaves moviéndose por los pasillos; el vicario lo vio como una oportunidad para comer lo que quisiera, cuando quisiera, sin que alguien lo regañara por su elección de almuerzo.

Elizabeth había sido prudente al organizar todos los asuntos de la iglesia y había logrado que el Doctor Evans le ayudara a colocar los libros de himnos y a pasar el plato de recolección, mientras que una mujer llamada Florence Wheeler se encargaría del órgano. Archie estaba agradecido por tener una mujer tan eficiente y atenta para ayudarlo, pero sobre todo admiraba la forma en que la Sra. Fry siempre parecía estar en control, por lo que él no tenía que preocuparse de los detalles. Pensó que debía ser ese algo maravilloso que siempre lo confundía, lo que llamaban "el toque femenino".

Cuando se fue el viernes en la mañana, la Sra. Fry dejó

la alacena llena con una nota sobre los arreglos para la misa del domingo. Sin embargo, al revisarla mejor, Archie pensó que era inusual que el ama de llaves lo dejara sin pan o pasteles fresco, sobre todo considerando que ella sabía cuánto le gustaba tomar el té en la tarde. Con esto en mente, decidió caminar por el pueblo y comprar los ítems faltantes esa misma mañana, luego de sus usuales dos tazas de té, claro.

De forma inesperada, justo cuando el Reverendo Matthews resolvió iniciar su viaje colina abajo, el timbre sonó. No estaba esperando ninguna visita y no podía imaginar qué podría querer alguno de sus feligreses una cálida y soleada mañana de viernes. Abrió la puerta con fuerza, ansioso por descubrir quién estaba ahí; lo recibió una mujer de unos cuarenta años con un gran sombrero. Era Florence Wheeler.

—Buenos días, señora Wheeler —exclamó el vicario, realmente complacido al ver a su visitante—. Por favor, adelante. Adorable mañana, ¿cierto?

—Hola, vicario —saludó la mujer con una sonrisa mientras entraba al pasillo—. Le traje algo de pan.

Las orejas de Archie se levantaron y bajó la mirada hacia la canasta de mimbre que la Sra. Wheeler cargaba. Parecía estar llena de más de una hogaza y se preguntó si estaba haciendo varias entregas.

—Cuán amable de su parte —replicó—. Vamos a la cocina, ¿le parece?

Florence Wheeler asintió y siguió al clérigo por el pasillo oscuro.

—¿Le gustaría una taza de té? —ofreció Archie, pensando en la distancia que su visitante acababa de recorrer.

—Oh, no gracias —replicó Florence con timidez, dejando la canasta en la mesa—. Tengo otros mandados que haces mientras estoy en el área.

El par habló sobre temas generales por unos minutos y luego la Sra. Wheeler empezó a sacar los productos que había cargado colina arriba. Había una hogaza fresca, una esponja Victoria llena de crema y mermelada y, en el fondo, media docena de galletas de chocolate. La otra mitad de la gran canasta contenía tres pequeño ramos de rosas blancas. Archie frunció el ceño y se preguntó si las flores también eran para él.

—Hermosos ramos —empezó—. Con una delicada fragancia.

—Oh, son para el cementerio —aclaró la Sra. Wheeler, de inmediato cubriéndolos con la toalla blanca que había usado para cubrir la repostería.

—Ya veo —comentó el vicario con simpatía—. ¿Familiares?

Florence tosió y bajó la mirada.

—Sí, lo son.

Con su cabeza inclinada bajo el gran sombrero, Archie no podía ver si la mujer frente a él estaba molesta o no, por lo que le agradeció por la deliciosa comida y miró hacia afuera al clima.

—Es un día glorioso ahí afuera —comentó—. Podría dar un paseo por el cementerio con usted.

La Sra. Wheeler levantó la barbilla lo suficiente como para ver al Reverendo Matthews a los ojos, suspirando mientras lo hacía.

—Oh, no es necesario, vicario —le aseguró—. No me quedaré mucho rato, tengo una larga lista de cosas por hacer hoy.

Archie entendía la necesidad de estar a solas en tales momentos y siguió a la mujer hasta la puerta delantera.

—Si en algún momento llega a necesitar… —titubeó.

Florence Wheeler enderezó sus hombros e inclinó su cabeza hacia atrás para poder ver bien al vicario. Era una mujer atractiva y usaba una chaqueta azul pálido que hacía juego con sus ojos.

—Gracias —aseguró de forma sensata—. Pero estoy afrontándolo.

Archie asintió y vio a la pequeña mujer desaparecer por las puertas de la vicaría sin saber por qué o por quién estaba sufriendo. No tardaría mucho en descubrirlo.

Luego de volver a la cocina y devorar un gran trozo de pastel de esponja con otra taza de té, el Reverendo Matthews concluyó que había pasado suficiente tiempo para que la Sra. Wheeler hubiese visitado la tumba o tumbas de su familia y ya estaría de camino a su casa. La curiosidad le ganó y, luego de servir un tazón de leche para Hector, Archie se puso una ligera chaqueta y caminó hacia la iglesia.

No tardó mucho en encontrar los tres pequeños ramos de rosas blancas, todos juntos, en las vasijas sobre las tumbas de los niños Wheeler. Su mente volvió a unos meses atrás.

—¡Maldición! —maldijo el vicario, pasando una mano sobre su suave cabello plateado—. ¿Por qué no hice la conexión?

Se inclinó para leer la inscripción en una de las lápidas, una fuerte punzada tiró en su área lumbar mientras lo hacía.

"Benjamin Wheeler, Amado Hijo"

Estas eran las tres tumbas que había notado durante su primera inspección del cementerio un tiempo atrás, tres jóvenes niños arrebatados de sus padres muy pronto. No había indicación sobre la causa de las tres muertes, pero Archie notó que las fechas eran la misma. Supuso que fue un trágico accidente o alguna enfermedad que afectó a los pequeños. Tocó los pétalos de una de las rosas blancas y sintió ganas de llorar. Sabía lo que era perder a alguien en la flor de la vida, cuando su propio hermano había sido llamado al cielo a una temprana edad, pero el dolor que Florence Wheeler debía sentir sin duda sería el triple de su propia tristeza. La pobre mujer, pensó.

El resto de la tarde y en la noche, la Sra. Wheeler estuvo presente en la mente de Archie. Debió haber pensado que él era insensible al no ofrecer sus condolencias esa mañana, pero ¿cómo podía saberlo?

Sentado en el sofá, comiendo un emparedado de dedos de pescado con Hector a su lado, el vicario cambió canales en el televisor para encontrar algo con lo cual distraer su mente, pero incluso el presentador en *"Blue Peter"* estaba hablando sobre crear un jardín conmemorativo para una de sus mascotas recién fallecidas. Hizo una pausa por un momento, las ideas corrían por su cabeza, antes de volver a la tierra por el gran gato negro atacando su mano en un intento por comer el contenido del emparedado.

—Alto —regañó Archie, tomando un trozo de pescado—. Ya comiste, pequeño glotón.

Hector ignoró el tono severo del hombre y se estiró para tomar la ofrenda, oliéndolo con cuidado antes de tomar todo el trozo de un bocado. Archie acarició la cabeza del gato y le dio lo que quedaba de pescado.

—¡¡Aaaah!!

Archie se despertó sudando frío con una almohada apretada sobre su cabeza y su rostro hundido en el colchón. No podía recordar toda la pesadilla, pero lo poco que recordaba era suficiente para aterrarlo. Había algo aplastándolo y el área era pútrido con los sudorosos cuerpos. Había luchado por recuperar la consciencia y ahora respiraba hondo mientras su mente se libraba de los terrores de su sueño. Tomó el reloj en la mesa de noche, suspiró y apartó las sábanas. Eran las 4 am.

Afuera en la fresca brisa, el Reverendo Matthews se quedó de pie fuera de la iglesia, observando los murciélagos volar alrededor del campanario. Podía ver las cabezas de las gárgolas de piedra con la temprana luz del amanecer y decidió leer la historia de su parroquia durante los meses de verano. Sus pisadas crujieron sobre el camino de grava mientras se dirigía hacia el cementerio, deteniéndose por unos segundos para persignarse mientras se acercaba al lugar de descanso de los niños Wheeler. Archie no estaba seguro sobre la existencia de los fantasmas, a pesar de lo que el sentido común le indicaba, pero el frío viento y las oscuras sombras empezaban a provocar que sus vellos se pusieran de punta, por lo que avanzó rápidamente, más allá de la entrada principal y hasta las puertas dobles que daban a la calle.

Aceleró su paso mientras caminaba colina abajo; Archie notó unas pocas luces brillando en las casas de quienes se levantaban temprano. Asumió que eran los mineros que se habían levantado para desayunar mientras sus esposas preparaban los almuerzos y los termos con té para que llevaran al trabajo. Se preguntaba cómo sería, profundo bajo la tierra, caliente y claustrofóbico con docenas de hombres similares trabajando, la luz natural era algo hermoso muy, muy lejos. Se movió rápidamente, los pensamientos acumulados en su mente.

En la intersección, el vicario tenía que tomar una decisión sobre cuál camino seguir. Deseaba evitar el contacto con muchas personas y decidió girar hacia la izquierda a lo largo de una fila de casas adosadas, la cual daba hacia las afueras del pueblo, a las granjas a lo lejos. Había muy poco tráfico a estas horas de la mañana, solo un par de trabajadores que andaban en bicicleta o caminaban hasta la mina de carbón. En ocasiones se abría una puerta y alguna esposa se despedía de su marida mientras este se iba de casa, pero la calle estaba en silencio la mayor parte del tiempo. Así fue hasta que el Reverendo Matthews llegó a la última casa. Cuando tuvo la puerta azul oscuro frente a él con su pasada aldaba de latón y escalón recién lavado, una familiar figura salió a la acera frente a él. Era Florence Wheeler, luchando con dos pesadas canastas en sus brazos.

—Vaya, señora Wheeler —llamó Archie, apresurándose a ayudarla—. Por favor, permítame ayudar.

La pequeña mujer se sorprendió al ver al vicario local fuera de su casa y frunció el ceño.

—Me asustó, vicario —regañó—. ¿Qué hace aquí a esta hora?

—Lo lamento —aseguró Archie—. Solo necesitaba salir a dar un paseo, respirar aire fresco.

Florence apretó las canastas por debajo de su pecho y parpadeó.

—Oh, se levanta temprano, ¿no?

—No duermo bien —admitió el vicario, ofreciendo una mano para tomar una de las canastas.

Florence le permitió tomarla y cerró la puerta principal detrás de ella.

—Entonces, ¿a dónde vamos? —preguntó Archie, mirando a la Sra. Wheeler, quien aún se veía entretenida.

—Por aquí —murmuró, girándose hacia el camino que el vicario aún no había recorrido—. Vamos.

. . .

Al llegar a una intersección, la Sra. Wheeler le indicó que seguirían directo, aunque no parecía inclinada a hablar y solo señaló la ruta. Archie caminó a su lado en silencio, tuvo que bajar la velocidad para mantener el paso de su pequeña compañía. Notó que Florence no estaba usando su sombrero ese día, en su lugar tenía su cabello cubierto con un pañuelo azul, dándole una imagen exacta del perfil de la mujer. Una hermosa mujer, pensó el vicario, aunque la piel debajo de sus ojos estaba oscura e inflamada, mostrando que no dormía bien o lloraba mucho. Al recordar las tres tumbas, Archie asumió que era la segunda opción.

—Por ahí —indicó Florence Wheeler de repente, girándose hacia un callejón trasero donde las casas parecían menos adineradas y un poco más desgastadas.

El vicario la siguió con obediencia, cambiando la canasta a su otro brazo. Se preguntó cómo la Sra. Wheeler lograba cargar con su pesada carga sin quejarse. Archie percibió un rastro de algo delicioso cuando el viento corrió por el estrecho pasaje y su estómago gruñó de forma involuntaria. Olía a pie de frutas recién salido del horno. Bajó la mirada y notó que el maravilloso aroma venía de las canastas de la Sra. Wheeler. Siguieron caminando, en silencio, hasta que la pequeña mujer se detuvo frente a una puerta de paneles y dejó su canasta en el suelo. Levantó el trapo de la canasta que cargaba Archie y seleccionó una hogaza de pan caliente, envuelta en papel marrón, del interior.

—Volveré en un minuto —susurró, abriendo la puerta—. Espere aquí.

Archie hizo lo que le pidió, preguntándose cuánto cobraba su compañera por su repostería.

Así continuó la siguiente hora, Florence Wheeler haciendo entregas en ciertas residencias mientras el vicario esperaba en el exterior. A veces entregaba una simple hogaza, en otras ocasiones un pie de cereza o manzana, pero nunca tardó más de unos pocos segundos y Archie no escuchó ningún intercambio de voces.

—¿Siempre ha trabajado una panadería? —preguntó el Reverendo Matthews de forma casual mientras caminaban de regreso por las calles con canastas vacías mientras el sol empezaba a brillar a través de los árboles.

Florence lo miró con cuidado.

—¿Una panadería? —repitió.

Archie sintió el calor subir a sus mejillas, tal vez el negocio de la Sra. Wheeler no era legítimo, consideró, pero solo una forma de ganar un poco de dinero adicional. Todos parecían hacer eso estos días.

—Sí, pensé…

La pequeña figura ignoró su pregunta y estiró su mano para tomar la canasta de Archie.

—Gracias por la ayuda, vicario —murmuró—. Lo veré mañana en la iglesia.

El vicario observó a la Sra. Wheeler alejarse por la calle, una canasta en cada brazo, su cabeza inclinada.

De regreso a la vicaría, el correo había llegado y tenía una carta del Obispo anunciando su visita el próximo mes, lo cual lanzó a Archie a actuar. Quería asegurarse de que los registros de la iglesia y la parroquia estaban en su mejor condición, para que su superior no pudiera quejarse, por lo que el resto del día lo pasó sentado al escritorio, planeando y haciendo listas al mismo tiempo. Florence Wheeler, por el momento, había sido relegado al fondo de la mente del vicario. Así fue hasta media tarde, cuando requirió algo de té para calmar su sed.

Retiró la tapa de la lata de galletas, esperando encontrar unas de crema o bourbon, pero recibió la sorpresa de galletas de chocolate recién horneadas entregadas esa mañana. Tomó un mordisco y cerró sus ojos. La Sra. Wheeler era una buena repostera. Archie se apoyó contra el fregadero para saborear las chispas de chocolate que se derretían en su lengua, ahora entendía por qué las habilidades reposteras de la pequeña mujer tenían tanta demanda. Calculó que debieron haber visitado unas veinte casas esa mañana, lo cual debería generar un gran ingreso para una cocina de una sola mujer. Sabía que el esposo de Florence trabajaba largas horas en la mina, con un salario mínimo, por lo que, entre los dos, los Wheeler debían estar ahorrando bastante. La única pregunta era, con sus tres hijos fallecidos, ¿por qué lo hacían?

Al día siguiente, el Reverendo Matthews llegó a la iglesia una hora antes del servicio. Había decidido realizar una inspección del edificio antes de la visita del Obispo, solo para ver si había algo por lo cual el viejo podría quejarse. Las reparaciones estaban en orden, gracias a las generosas donaciones semanales de la congregación, y el número de feligreses que asistían a la misa era bueno, por lo que la causa de queja más probable sería la falta de actividades ofrecidas. Archie se preguntó si podía rectificar eso creando un coro local. Mientras contemplaba este tema, la puerta del porche crujió al abrirse.

—Buenos días, Reverendo —saludó una diminuta voz—. Espero que no le moleste que llegue temprano.

Archie se giró en su punto sobre los escalones del púlpito y ajustó su sotana.

—¡Señora Wheeler! Para nada, querida —afirmó—. Aunque aún falta un poco para el servicio.

—Sí, lo sé —replicó la mujer, dejando su bolso en un banco de la primera fila—. Pero llevo mucho tiempo sin tocar el órgano, por lo que pensé que sería mejor que practicara un poco antes.

—Estoy seguro de que tocará de maravilla —afirmó el vicario con calidez—. Pero, por favor, adelante.

Se levantó para ayudar a Florence a quitarse el impermeable, revelando un simple vestido de algodón negro. Se veía bastante atractiva esta mañana, pensó Archie, tal vez porque su cabello estaba descubierto o quizás el labial le proporcionaba a la Sra. Wheeler un leve brillo. Aun así, se veía melancólica.

—Gracias —aseguró la pequeña mujer, mirando a Archie a los ojos por un segundo—. ¿Ya creó una lista?

—Oh, sí —replicó, señalando hacia la lista de himnos—. Empezaremos con *"All Things Bright and Beautiful"*.

Florence asintió y se sentó al órgano.

—Adorable, una alegre canción de primavera —comentó, aunque la tristeza en sus ojos traicionó sus palabras.

—Yo, uhm, la dejaré para… —empezó Archie, retrocediendo un poco—. Necesito…

Florence Wheeler ignoró las divagaciones débiles del vicario y respiró hongo. Entonces empezó a tocar.

El Reverendo Matthews se quedó sin aire mientras veía a la diminuta figura inclinarse sobre el monstruoso instrumento, sus hábiles dedos bailaban sobre el teclado con delicados movimientos, creando el sonido más harmonioso que había escuchado. Tampoco era la selección de himnos que había esperado, pero un concierto maravilloso de alguna época pasada. Archie se quedó asombrado mientras la Sra. Wheeler tocaba, ignorando al único miembro de su audiencia, atrapada en la rapsodia que parecía proporcionarle tanto placer.

Más tarde, la congregación empezó a llegar, charlando

con entusiasmo mientras se sentaban en los bancos. El Doctor Evans parecía disfrutar su puesto temporal entregando libros y protegiendo el plato de recolección, tenía el pecho inflado con orgullo mientras pasaba el plato de plata entre los feligreses. Archie había elegido a "El Buen Samaritano" como su tema para el sermón, aunque sintió algo de culpa por el Sr. y la Sra. Fry, quienes no estaban aquí para apreciar las palabras que estaban dirigidas hacia ellos. Al final del servicio, sin embargo, la mayoría de los cumplidos eran para felicitar la habilidad musical de Florence Wheeler.

—Bien hecho, Florrie —Archie escuchó que Michael Vickers le decía a la Sra. Wheeler mientras estaban en el porche—. Hiciste un gran trabajo hoy.

Mirando sobre sus cabezas, Archie solo pudo ver el rostro sonrojado de la mujer.

—En serio, Mike —alegó—. Estoy falta de práctica, deben haber pasado años desde que toqué.

El vicario le agradeció al último de los feligreses y se acercó a donde el dueño de la taberna y la organista estaban de pie.

—Señor Vickers —saludó con una sonrisa—. Tiene toda la razón, señora Wheeler, hoy nos enorgulleció a todos.

—Bueno, cuando Elizabeth necesite un descanso —afirmó la mujer en voz baja—. Sería un placer ayudar. Buen día a ambos.

Con eso, la Sra. Wheeler se pudo su impermeable y se apresuró a donde su esposo la esperaba en el borde del cementerio. Los dos hombres los vieron intercambiar un breve beso y desaparecer sobre el césped. Tanto el vicario como el Sr. Vickers sabían a dónde se dirigía la pareja.

—¿Sabe cuándo fue la última vez que Florrie tocó el

órgano? —preguntó solemne Michael Vickers con una ceja levantada.

—No, no tengo idea —aseguró Archie—. Solo que han pasado años.

—Fue para el funeral de sus hijos —replicó el Sr. Vickers en voz baja, no quería que el resto de la multitud escuchara—. Fue un hermoso tributo.

El Reverendo Matthews tragó con fuerza, no sabía qué decir.

—Solo una mujer muy fuerte podría hacer eso —continuó Michael—. Fue un triste día para toda la comunidad. Aun así sigue adelante, ayudando a todos los que lo necesitan y con gran disposición.

—¿Qué ocurrió? —imploró Archie, con un verdadero corazón roto por los Wheeler.

—Oh, es una larga historia —replicó el propietario de la taberna—. Se la contaré algún día sobre una cerveza.

Archie pasó otra noche sin dormir, dando vueltas y vueltas, pero, en lugar de sus usuales demonios, los terrores de esa noche estaban cargados con preguntas sobre el horrible destino que recibieron los tres jóvenes hijos de Florence. Al final apartó las sábanas a las cinco en punto y bajó las escaleras para encender la chimenea del estudio. La carta del Obispo seguía sobre su escritorio de roble, el sello oficial estaba hacia arriba como un círculo de sangre coagulada. Archie se estremeció, una extraña premonición de algo siniestro los sobrecogió. Aunque la cálida luz del sol empezaba a filtrarse a través de la separación entre las cortinas, la vicaría se sentía más fría de lo usual, lo que provocó que el vicario volviera a subir para buscar un suéter. Mientras tiraba de la cachemira azul sobre su cabeza, Archie bajó la mirada a la fotografía en la mesa junto a su cama. Dos hermanos felices sonriendo hacia la cámara, uno de ellos había sido arrebatado durante la flor de la vida y el otro se había convertido en un solitario vicario de mediana edad. Extrañaba a su hermano y hoy era el aniversario de su muerte, lo cual causaba que la tristeza y los recuerdos lo inundaran.

El Reverendo Matthews no estaba seguro de cómo superaría este día solo. Si tan solo su ama de llaves estuviera ahí, él podría conseguir algo de distracción, pero solo en esta gran casa sintió el peso del mundo sumarse a su dolor personal. En días como este, Archie ponía su religión en duda.

Prepararse teteras llenas de té y archivar el papeleo lograron cubrir una pequeña porción de su tiempo esa mañana; para el inicio de la tarde, el vicario se encontró pegado al televisor de nuevo. Estaba consciente de que una miríada de personajes estaba discutiendo sobre algo en la comedia *"Are You Being Served"*, pero su mente no podía concentrarse en la trama, por lo que Archie apagó el televisor y removió a Hector de sus rodillas. Intento retirarse en su estudio una vez más, donde el fuego había empezado a apagarse, y tomó un volumen de *"Barnaby Rudge"* que intentó leer con todas sus fuerzas. Por tristeza fue en vano, ya que la prosa de Charles Dickens parecía abandonar su mente pocos segundos después de leerla y lo único que podía ver eran los ojos azules llenos de lágrimas de su hermano el día que murió.

Archie se preguntó sobre los Wheeler. ¿Cómo lidiaban con su dolor? Supuso que sería más fácil si se tenía alguien con quien hablar y de quien recibir apoyo, pero no quería compartir su historia ni buscar confort. Todos sabían que el clero debía hacerle frente a las situaciones gracias a la ayuda de Dios. Excepto que, en esta instancia, ansioso por volver a vivir su infancia solo para ver a su hermano vivo una vez más, el Reverendo Matthews podía notar que se estaba apartando, queriendo proteger su dolor de los forasteros. Por años, había construido una pared que mantenía sus emociones dentro y a la congregación a la distancia; de hecho, ni siquiera les había mostrado su sufrimiento a sus padres, quienes también estaban consumidos por la muerte de su hijo menor. Pero este día, treinta años después de ese fatídico día cuando su querido hermano le fue arrebato justo en frente de sus ojos, Archie perdió el control y lloró. Permitió que las lágrimas fluyeran mientras permanecía encogido sobre el sillón, con Hecot el gato observándolo con desconcierto.

A la mañana siguiente, el Reverendo Matthews se despertó sorprendido cuando la puerta trasera se cerró de golpe. Seguía en la silla, por lo que tuvo que levantarse con cuidado, estirando sus extremidades mientras intentaba ponerse de pie. Era muy tarde, Elizabeth Fry ya estaba abriendo la puerta del estudio con media docena de ramas en sus brazos.

—Oh, lo siento vicario —exclamó con sorpresa—. Traje algo de leña para la chimenea.

—Está bien, señora Fry —murmuró Archie, acomodando su desordenado cabello—. Llevo un rato despierto.

Elizabeth no estaba convencida. El atuendo del vicario estaba arrugado, sus ojos tenían un borde rojo y estaban inflamados.

—Haré algo de café —afirmó con suavidad, dejando la leña en la chimenea—. No me tardaré.

Mientras el ama de llaves se giraba para irse, Archie tosió.

—¿Tuvo un buen fin de semana, señora Fry?

—Sí, gracias, vicario —confesó con una sonrisa—. Era justo lo que Martin y yo necesitábamos.

.   .   .

Volver a la rutina, con Elizabeth Fry preparando las comidas y tazas de té a horas establecidas, era justo la distracción que Archie necesitaba. El ama de llaves también tenía un aire más alegre luego de sus cortas vacaciones, lo cual alivió el humor de la vicaría y causó que el vicario notara cuánto había empezado a depender de ella, incluso a ansiar verla todos los días. El sentimiento era mutuo, ya que Archie notó que la Sra. Fry lo estaba cuidando más de lo usual.

—¿Le gusta el pie de limón con merengue? —preguntó la Sra. Fry más tarde ese día—. Le puedo preparar uno si quiere.

—Eso sería bastante amable —replicó Archie—. Pero aún me queda medio pastel esponja Victoria. Lo mejor sería comer ese primero.

—Esponja Victoria —masculló Elizabeth—. Yo no le preparé eso.

—No, la señora Wheeler fue bastante amable y me trajo algo de repostería —admitió—. Creí que lo sabía.

La Sra. Fry negó con la cabeza.

—No tenía ni idea. Aunque Florrie tiende a estar un paso por delante de todos los demás en el pueblo cuando se refiere a las personas con necesidades.

—Oh, no me clasificaría como alguien con necesidades, señora Fry —comentó Archie con una risa.

—Sabe a qué me refiero —replicó el ama de llaves, lanzándole una mirada conocedora—. Florrie solo se preocupa.

Esa tarde el Reverendo Matthews decidió visitar a Florence Wheeler. Primero visitaría la tumba de sus hijos, notando de nuevo sus edades y fecha de fallecimiento. No estaba seguro de qué pretendía decirle, pero al menos podría escucharla.

.   .   .

El hogar de los Wheeler estaba inmaculado. Las cortinas eran de un blanco brillante, en fuerte contraste con los oscuros muebles de caoba; no había un solo rastro de polvo a la vista. Florence lo había invitado a entrar con renuencia, ahora Archie estaba sentado con incomodidad en el borde de un sofá marrón.

—¿Le gustaría algo? —preguntó la Sra. Wheeler, su voz apenas llegaba a él desde el otro lado del salón—. Solo que tengo pasteles en el horno, por lo que tendré que sacarlos pronto.

Archie carraspeó un poco e intentó imitar el comportamiento de la mujer.

—Solo quería saber si se encuentra bien, señora Wheeler, eso es todo. Entiendo que debe cargar con un gran dolor sobre sus hombros.

Florence negó con la cabeza.

—Por favor, preferiría no hablar de eso.

—Mire —agregó Archie con un suspiro—. La entiendo, de verdad que sí. Si llega a sentir la necesidad de compartir.

Los ojos de la diminuta mujer empezaron a llenarse de lágrimas, pero seguía sin querer compartir su carga.

—Estoy bien.

Archie se levantó para irse y tocó el hombro de Florence por un momento.

—Siempre estaré aquí.

Ni siquiera le había ofrecido una taza de té, pensó él.

Antes de regresar a la vicaría, Archie decidió saciar su sed con una pinta de cerveza en *The Swan*. Todavía era temprano para la clientela habitual, por lo que Michael Vickers estaba de pie puliendo los vasos.

—Buenas, vicario —saludó el propietario con alegría—. Sabía que la curiosidad le ganaría.

—¿Lo siento? —replicó Archie, sorprendido—. No entiendo.

—¿No vino para saber sobre los hijos de los Wheeler? —preguntó el Sr. Vickers en un murmullo, dejando el paño a un lado y sirviendo una pinta de su mejor cerveza amarga para el vicario.

—No —admitió Archie—. Aunque, ahora que lo menciona, creo que me gustaría escuchar toda la historia para poder ayudar a la pobre Florence Wheeler.

El camino de regreso a casa estuvo cargado de tristeza y compasión.

Michael Vickers reveló que los jóvenes Wheeler habían sido asesinados por un extraño. Sucedió un verano cuando, aburridos de jugar en las calles, los tres hermanos se aventuraron a los bosques cercanos para jugar a las escondidas. Pasó un rato hasta que encontraron el campamento de un vagabundo que llevaba una difícil vida luego de salir de la prisión. Al parecer, Benjamin Wheeler se había burlado de la descuidada barba y apariencia del hombre y retó a sus dos hermanas a lanzar piedras contra la tienda improvisada del hombre. No se sabía cuánto duró la provocación, pero fue lo suficiente como para que el indigente enloqueciera y persiguiera a los niños a través de los árboles y los atacara uno por uno con un cuchillo de caza. Luego de dejar a los niños Wheeler heridos e incapaces de huir, el exconvicto regresó a donde cada uno estaba para acabar con ellos. La persecución no tardó mucho, un granjero local encontró al asesino escondido en su granero, pero ya era demasiado tarde como para salvar a los niños. Al final de la historia, tanto el propietario como el vicario tenían lágrimas en sus ojos, con diminutas gotas cayendo en sus cervezas. Como nota final, Michael Vickers le explicó sobre la repostería de Florrie, la cual era por pura caridad, ayudando a todos los que tenían problemas financieros o algún familiar enfermo, y por supuesto al solitario clérigo.

Para cuando Archie llegó a la iglesia, se sentía menos consumido por su propio dolor y lleno de admiración por la forma en que los Wheeler afrontaban su sufrimiento. Cruzó hacia el cementerio para decir una oración junto a las tumbas de los niños, donde se arrodilló para tocar las lápidas.

—Padre, bendice a estas diminutas almas… —empezó el vicario, las palabras lo ahogaban mientras sus pensamientos corrían a toda velocidad—. Fueron arrebatados de su hogar a una temprana edad y rezo para que estén a salvo en el cielo contigo, Señor.

Se detuvo. Escuchó cuando un par de piedras se movieron detrás de él, las pisadas eran suaves y leves.

Archie se giró, esperando ver a la persona que se acercaba a hurtadillas detrás de él. Era la Sra. Wheeler.

—Lo lamento —empezó ella—. Por favor, continúe.

Archie se puso de pie con dificultad, limpiando la tierra en sus rodillas.

—Sra. Wheeler… yo…

—Estoy lista para hablar —susurró—. Si le parece bien.

El Reverendo Matthews asintió y pasó sus manos sobre sus ojos.

—Sí, Florrie, vamos adentro.

SIETE

Bill Wheatley

El Obispo Honeywell debía llegar en el tren de las once en punto. Por suerte, Martin Fry había conseguido liberar un par de horas en su horario para llevar a Archie a la estación de trenes para recibir a su mentor. Los dos hombres estaban de pie lado a lado sobre la plataforma, uno fumaba un cigarrillo y el otro tenía la mirada fija sobre sus zapatos recién pulidos.

—¿Por cuánto tiempo se quedara? —preguntó Martin de forma casual, exhalando el humo contra el rostro del vicario.

Archie tosió y movió una mano para apartar el humo.

—¿En serio, Martin, es eso necesario? Unos días supongo.

—Algo de compañía, ¿entonces?

—Sí, de seguro tendremos mucho de lo cual hablar —comentó Archie con un suspiro, esperando en secreto que el Obispo hiciera de esta una visita rápida y luego se fuera hacia la siguiente parroquia bajo su tutela.

—Es bastante entretenido, ese Wilf —dijo Martin—. También le gusta el whisky.

—¿Wilf? —repitió el vicario, levantando la voz—. ¿Conoce personalmente al Obispo Honeywell?

El Sr. Fry asintió y empezó a explicar, pero fue interrumpido por el sonido del tren llegando a la estación.

El Obispo Honeywell había llegado.

El Obispo era un hombre de baja estatura con hombros redondeados, lo cual causaba que se inclinara un poco, y hablaba con un acento elegante, indicando una infancia privilegiada. Le dio la mano a Archie con calidez, sus ojos brillaban con amabilidad y empatía.

—Mi estimado hijo —saludó entusiasmado—. Espero se esté ajustando bien, es todo un cambio comparado con su antiguo puesto.

—Estoy bien —le aseguró el Reverendo Matthews—. Comprendiendo todo poco a poco.

El Obispo Honeywell levantó una ceja y miró hacia Martin Fry, quien estaba metiendo la maleta del viejo hombre en el coche.

—¿Y los Fry? —preguntó—. ¿Lo están cuidando?

Archie le aseguró que así era.

—Son toda una bendición, si no le molesta la elección de palabras.

Al llegar a la vicaría quince minutos después, el Reverendo Matthews guio el camino por el pasillo hacia la sala de estar, donde el Obispo se acomodó en una confortable silla.

—Le pediré a la señora Fry que... —empezó, antes de notar que el ama de llaves ya estaba entrando en la habitación con una bandeja cargada de café y galletas.

—Café con leche y dos de azúcar —comentó con una sonrisa, dejando su carga en la mesita de café.

—¡Elizabeth! —exclamó el Obispo Honeywell,

poniéndose de pie y tomando las manos de la mujer entre las suyas——. Te ves maravillosa, querida, es un placer volver a verte.

Archie se apartó a un lado confundido. La Sra. Fry no había mencionado al Obispo, excepto cuando le dijo que su salario estaba cubierto, claro, y no tenía ni idea que los dos se conocían tan bien.

——Parece que se conocen bien ——comentó el vicario, intentando ocultar su sorpresa——. No tenía ni idea.

——Somos viejos, viejos amigos ——aclaró el Obispo Honeywell con una sonrisa——. Y ansío ponernos al día.

——Yo también ——aseguró Elizabeth——. Pero primero pónganse cómodos mientras preparo el almuerzo.

——¿Emparedados de salmón y pepino? ——preguntó el viejo hombre, aunque ya sabía la respuesta.

——Por supuesto ——respondió la Sra. Fry riendo mientras se dirigía hacia la puerta——. En pan blanco recién horneado.

Archie se quedó inmóvil viendo al par sonreír y reír como un par de niños, sin duda estaba confundido por el intercambio, pero también agradecía que la familiaridad del Obispo con la Sra. Fry podía hacer esta visita mucho más tolerable.

——Entonces, Archibald ——empezó el Obispo Honeywell en voz baja mientras se acomodaba en la silla——. Cuénteme todo sobre su nueva congregación. ¿Algún problema con el que necesite mi ayuda?

Archie posó ambas manos sobre su regazo e intentó no removerse.

——No lo creo. Hubo unos cuantos problemas en la comunidad cuando llegué, pero creo que los feligreses empiezan a acostumbrarse a mí.

—¿Y qué hay sobre sus secretos? —preguntó el Obispo—. ¿Hay algo que no pueda manejar? Lo sé todo sobre el libro, hijo, por eso estoy aquí.

Archie suspiró y levantó la mirada hacia los amables ojos del hombre.

—Ha sido un desafío —confesó.

Mientras daban un paseo alrededor de la iglesia bajo el cálido sol de la tarde, el Reverendo Matthews brilló con orgullo mientras el Obispo Honeywell lo halagaba por lo bien que mantenía y organizaba el establecimiento. Por su parte, Archie le contó sobre los varios problemas que había enfrentado, sin nombrar a nadie en particular, pero describiendo el problema con la bebida de Marjorie Evans, la locura de Rachel Graham, los planes de Ted Bennett, el desastre con el licor ilegal de los Brownlow y, finalmente, las tristes dificultades de Florence Wheeler.

—Estos feligreses son su prueba de fe, Archibald —comentó el Obispo cuando escuchó las varias historias—. Dios necesita saber que puede ayudar a estas personas y, en retorno, ellos lo ayudarán a usted.

—¡¿A mí?! —exclamó Archie, sorprendido por el comentario—. No necesito ayuda, Su Gracia.

—Todos necesitamos el apoyo de nuestros prójimos —regañó el Obispo Honeywell—. Sé lo que ha pasado en su vida, ¿recuerda? Sé que necesita una amorosa comunidad a su alrededor.

El Reverendo Matthews se quedó perplejo por unos minutos, notando que debía haber un archivo sobre él que sus superiores habían leído. Se preguntó cuán minucioso era el archivo.

—En serio, estoy bien —afirmó al final—. Este nuevo inicio es justo lo que necesitaba.

El Obispo se quedó de pie con los brazos cruzados, parecía no estar convencido.

—Ya veremos, hijo, ya veremos.

Cuando giraron la esquina del cementerio en su camino de regreso a la vicaría para el té, empezó un fuerte y repentino rugido. Fue seguido por el encargado del terreno caminando hacia ellos mientras empujaba una cortadora de césped. Archie lo hizo apagar la máquina con una mano y el ruido se detuvo de golpe.

—Buenas tardes, Bill —saludó el hombre con cortesía—. No sabía que trabajaba hoy.

—Sí, Reverendo —replicó el hombre—. Mis disculpas si los molesté.

El Obispo Honeywell dio un paso hacia el frente y empezó a inspeccionar la cortadora.

—Bueno, sin duda esto ha pasado por períodos difíciles —comentó, tocando la oxidada manivela—. ¿Qué le parece si conseguimos una nueva, señor…?

—Wheatley —terminó el hombre—. Bill Wheatley. ¡Eso sería maravilloso, gracias!

Archie miró al viejo, preguntándose si debía apretar su propio presupuesto para poder pagar por una máquina nueva, pero antes de poder aclarar el gasto, el Obispo Honeywell ya se había encaminado de regreso a la calidez de la vicaría y el té caliente que sabía lo esperaba ahí.

Con sus botas de cuero crujiendo sobre la gravilla, los hombres caminaron lado a lado en silencio. El Obispo Honeywell estaba pensando en la cena mientras Archie estaba agradecido de que su superior no había hecho más preguntas sobre el Sr. Wheatley. Bill, mientras tanto, desconocía la preocupación del vicario, al no tener ninguna otra preocupación más que cortar el césped en el terreno de la iglesia y recortar los arbustos en la vicaría.

. . .

Bill Wheatley era un hombre agradable que hacía cualquier trabajo necesario en la iglesia y el terreno alrededor. Era el encargado de hacer sonar las campanas, de la jardinería, de los trabajos esporádicos, de cavar las tumbas y de cargar los féretros. Nunca se había quejado y, siempre que su salario se pagara a tiempo, el vicario no escuchaba nada de parte de Bill de una semana a otra. Archie no había notado nada extraño sobre el Sr. Wheatley y le agradecía a su suerte que este pudiera ser el único de sus feligreses sin secretos. El único detalle un poco excéntrico que había notado, no obstante, era la insistencia de Bill por permanecer en el campanario durante la misa. Nunca salía. El Reverendo Matthews no tenía ni idea de por qué Bill Wheatley creía necesario vigilar el campanario mientras el resto de la congregación oraba, cantaba y escuchaba, pero no podía hacer mucho para convencer al hombre de salir. Archie se había preguntado en ocasiones si Bill tenía un picnic en secreto ahí arriba o tal vez tenía el hábito de fumar, pero, al inspeccionar, no encontró nada fuera de lo ordinario y no había rastro de comida o humo que le indicara lo que hacía el hombre ahí solo.

—¿El jardinero trabaja todos los días? —inquirió el Obispo de repente—. Quiero decir, ¿tiene algún día libre?

—Se toma dos días a la semana —confirmó el Reverendo—. Dependiendo de lo que haya que hacer.

—Ah, ya veo —llegó la respuesta—. Mantén un ojo vigilante, es un buen hombre.

—¿Por qué, hay algo que deba saber? —cuestionó Archie, preguntándose a qué se refería el viejo hombre.

—Es solo mi instinto, eso es todo —confió el Obispo Honeywell y con eso abrió la puerta de la vicaría.

Archie aceleró el paso un poco para alcanzar la puerta mientras esta se mecía sobre las bisagras.

—¿Cree que hay algo extraño sobre Bill Wheatley?

—Bueno, me atrevería a decir que se revelará eventualmente —murmuró el ministro con un suspiro—. No puedo descifrar qué es, Archibald, pero sin duda hay más sobre este hombre de lo que se ve a simple vista.

Archie de inmediato pensó en el libro negro del Reverendo Wilton-Hayes en su escritorio.

Luego de la cena y un par de vasos de whisky, el Obispo subió las escaleras hasta la habitación de huéspedes que le habían asignado. Era un dormitorio cómodo, amueblado con tonos azul pálido y ubicado al extremo opuesto del corredor donde estaba el cuarto de Archie. Le gustaba la idea de que el otro hombre estuviera al otro lado de la casa durante la noche, ya que evitaría que escuchara a Archie hablando dormido, lo cual el vicario sabía que iba a suceder.

Con el Obispo Honeywell acostado, Archie encendió el televisor en un episodio de *"Steptoe and Son"*, una comedia que sabía le ayudaría a calmar su mente y relajarse antes de irse a la cama. Hector estaba echado sobre el regazo del vicario y lo miraba soñoliento mientras Archie se estiraba con cuidado hacia adelante para presionar los botones del televisor.

—Está bien —lo calmó—. Ya puedes volver a dormir, perezoso.

Hector bostezó y cerró los ojos, un fuerte ronroneo vibraba desde su garganta. Diez minutos después, su compañía humana también estaba durmiendo mientras los actores en la comedia continuaban con sus actividades, ignorando la existencia de la vicaría y su audiencia dormida.

¡Bang, bang, bang!

El Reverendo Matthews se despertó de golpe, había

estado profundamente dormido y el ruido, fuera lo que fuera, casi lo hizo abandonar su cuerpo del susto. Podía ver el sol empezando a salir a través de las cortinas verdes y se levantó para apartarlas, queriendo ver qué era el ruido en el exterior.

Nada. Unas cuantas aves estaban contentas en la pared del jardín y había una luz brillando desde un granero cercano a donde el granjero llevaba su ganado para obtener la leche, pero no había ninguna explicación para el ruido. Archie se frotó la espalda baja para aliviar el dolor, haber dormido en el sofá había empeorado su ya delicada columna y ahora requería un baño caliente. Las habitaciones arriba estaban en silencio mientras su anciano invitado dormía, por lo que subía de puntitas al baño, se desvistió y esperó a que el agua caliente llenara la bañera. Mientras esperaba, los pensamientos del vicario empezaron a divagar. Los ruidos alrededor de la vicaría eran más fuertes cada pocos días, y hasta el momento había sido incapaz de encontrar una causa. A veces sonaba como una escopeta, en estos casos podía asumir que eran cazadores furtivos en los campos. Pero en ocasiones escuchaba voces cercanas, como personas corriendo en pánico. De verdad no quería pensar que su nuevo hogar estaba encantado, pero Archie no podía descartar esta idea por completo. Y ese día, los golpes, había sido el más extraño de todos, aún más cercano y como el sonido de la madera contra la piel de un tambor.

Luego de un desayuno liviano con huevos revueltos y tostada, cortesía de la Sra. Fry, Archie guio al Obispo Honeywell al estudio, donde sentía que podían discutir los asuntos de la parroquia en completa privacidad. Asumiendo su papel de autoridad, el Obispo caminó alrededor del escritorio y sacó la silla, dejando que Archie se sentara en el banco, sintiéndose como un estudiante irrespetuoso en lugar del clérigo de mediana edad que era. El Obispo Honeywell unió sus manos y miró los ítems a su izquierda.

—Ah, "La Congregación" —comentó con una carcajada, pasando su dedo índice sobre el lomo del libro negro—. El Reverendo Wilton-Hayes decía la verdad, entonces.

Archie se aclaró la garganta e intentó mostrar respeto hacia su predecesor.

—Ha sido útil en algunas ocasiones —admitió—. Aunque no necesito consultarlo muy a menudo. En algunas ocasiones creo que el Reverendo podría haber exagerado un poco.

El Obispo Honeywell sopesó esta declaración, apoyándose en el respaldar de la silla y uniendo sus dedos índice, por lo que parecían el campanario de una iglesia.

—Aquí está la iglesia y ahí está el campanario, busque adentro por todas las personas —murmuró, interpretando la famosa rima con sus dedos—. Todos excepto Bill Wheatley.

—No hay nada en el libro sobre él —interrumpió Archie—. Bueno, nada fuera de lo ordinario. Bill hace cualquier trabajo necesario en y alrededor de la iglesia, vive por cuenta propia desde su divorcio en los sesenta, ayuda en el centro comunal y, por supuesto, toca las campanas según y cuando sea necesario.

El Obispo frunció el ceño, esperando más, pero no había nada que vicario pudiera agregar.

—¿Ninguna actividad ilícita o problemas financieros? —preguntó al final.

Archie negó con su cabeza.

—No. Según todos los indicios, Bill Wheatley no tiene nada que ocultar.

El Obispo Honeywell se encogió de hombros.

—Tal vez deberíamos dejar de ser tan pesimistas sobre los feligreses, hijo. Quizás hay uno o dos...

—Sin ánimos de ofender... —interrumpió el Reverendo Matthews, listo para defender a los ciudadanos.

Pero parecía que el viejo hombre estaba bromeando, ya que rio con fuerza, sus flojas mejillas sacudiéndose.

Archie no pudo evitar sentirse más cómodo con su superior, parecía que incluso los altos miembros de la iglesia estaban bendecidos con un buen sentido del humor. Archie rio un poco, por primera vez en un largo, largo tiempo.

Pasaron unos pocos días, pero el Obispo no mostraba señales de irse. No era que Archie estaba cansado del caballero, pero parecían haber agotado los usuales temas parroquiales, comentado sobre los feligreses y en general arreglaron todo, por lo que ahora estaba listo para recuperar su espacio personal. Archie no era bueno para lanzar indirectas, era más probable que el Obispo se ofendiera con él por ser demasiado directo, por lo que la semana avanzó y el vicario se frustraba cada vez más y su Gracia se acomodaba mucho más en la vicaría.

También había otra cosa que molestaba al Reverendo Matthews. Hubo varias ocasiones en los últimos días en los que había entrado en una habitación donde la Sra. Fry y el Obispo estaban charlando, solo para que ambos se detuvieran y lo vieran de forma extraña. No había creído que su ama de llaves sería una mujer que cotilleaba, pero Archie no podía pensar en ningún otro motivo para sus conversaciones en secreto, además de él mismo. No le molestaba, pero sin duda no le agradaba. Más tarde ese día, el cual resultó ser un jueves, el Obispo apartó a Archie a un lado.

—Ahora, Archibald —dijo en voz baja con una mano

en el brazo del vicario——. Me diría si he abusado mi invitación, ¿cierto?

Archie se sonrojó.

——Es bienvenido a quedarse todo el tiempo que desee, su Gracia, pero no querría que ignorara sus otras responsabilidades por mi causa.

El Obispo Honeywell se frotó la barbilla y suspiró.

——Ah, sí, tiene razón, tengo una gran cantidad de otros asuntos que atender, sobretodo el Reverendo Boyle en Maltby, esa sí que es una parroquia con problemas.

Archie tosió un poco.

——¿Qué tal si le pedimos a Martin que lo lleve a la estación mañana en la mañana si está libre? La mayoría de trenes pasan por Maltby y salen cada hora.

——Tiene razón, hijo ——concedió el Obispo——. Podré volver a la comodidad de mi propio hogar luego de esta visita, por lo que será mejor que lo haga cuanto antes.

——En efecto, su Gracia ——replicó Archie, intentando controlar su emoción a la idea de su invitando yéndose——. Hablaré con Martin más tarde.

——Es decir ——llamó el Obispo al joven clérigo, quien se giró para poner la tetera——. ¿Por qué no vamos a la taberna local a tomar una pinta de despedida esta noche? Puede que pase un largo tiempo antes de mi siguiente visita.

Archie apretó sus dientes y miró por la ventana de la cocina.

——Sí ——replicó sin darse la vuelta——. Eso suena como una gran idea.

El Reverendo Matthews no estaba consciente de cuánto alcohol podía tolerar el Obispo antes de que afectara su habilidad para funcionar con normalidad. Pero lo iba a descubrir esa noche.

Era una cálida noche con una leve brisa y el cielo seguía azul cuando se encaminaron hacia el pueblo, dos clérigos experimentados caminando lado a lado, uno de mediana edad y otro un par de décadas mayor. Estaban hablando sobre el clima, Harold Wilson el correcto y estoico Primer Ministro y asuntos triviales relacionados a la iglesia. En general, su llegada a *"The Swan"* fue bastante tranquila.

—Buenas noches, caballeros —saludó Mike, levantándose de un salto de su banco—. ¿Qué les sirvo?

—Una pinta de su mejor cerveza amarga —pidió Archie señalando hacia las cervezas—. ¿Su Gracia?

El Obispo Honeywell se quedó de pie lamiendo sus labios mientras revisaba la selección de whisky escocés en el estante. Para cuando Archie tenía su pinta frente a él, el viejo se decidió.

—Primero probaré la botella que tiene en el extremo —anunció—. Parece un buen whisky de malta.

A Archie le gustaba tomar whisky, pero solía quedarse con la misma marca y no podía comentar, por lo que solo sacó un billete de su bolsillo y lo dejó sobre la barra. Esta sería la primera de muchas rondas que pagaría esa noche.

A las once en punto, la hora en la que el propietario estaba listo para cerrar, Archie estaba un poco mareado, pero aún era caminar en línea recta; infortunadamente, el Obispo Honeywell estaba tan borracho que no podía concentrarse, mucho menos mantener una conversación. Archie volvió a ver hacia el la botellas de whisky de malta que tanto le había agradado al Obispo, estaba casi vacía, aunque había estado casi llena cuando llegaron.

—¿Puede caminar, su Gracia? —preguntó, mirando hacia el rostro del clérigo.

—¿Qué? ¿Caaaamiinar? —balbuceó el Obispo,

tocando la mejilla de Archie——. Por shupueshto que puedo, ja, ja.

Michael Vickers ayudó al Reverendo Matthews a ponerle su abrigo al Obispo y el trio se tropezó hacia la puerta. El propietario estaba sonriendo mientras sacudía su cabeza.

—Lo sé —murmuró Archie——. Y ahora tengo que llevarlo colina arriba.

—Estará bien —bromeó el Sr. Vickers——. ¡Los humos le darán al obispo alas!

Para cuando los dos clérigos lograron llegar a las puertas de la vicaría, uno apoyado sobre el otro por apoyo, el Obispo Honeywell había empezado a recuperarse.

—¡Ya lo sé! —exclamó de repente——. ¡Ya sé cómo vamos a atrapar a Bill Wheatley!

—Shhh… —rio Archie——. Me contará en la mañana, ambos necesitamos una buena noche de sueño.

A pesar de la intoxicación y las pocas horas de sueño, Archie se levantó temprano la mañana siguiente, al igual que el Obispo Honeywell y, cuando Archie entró en la cocina, el inconfundible olor de tocino en el aire. El anciano aún estaba vestido con su bata y pantuflas, pero parecía estar preparando el desayuno para ambos.

—Ah, ahí está —exclamó el Obispo——. Justo a tiempo, hijo, tome asiento.

Archie se sentó a la mesa, donde estaba la tetera llena de té, tostada y mermelada.

—Se ve bastante alegre, su Gracia —comentó el vicario mientras tomaba un poco de leche.

—Bueno, es porque vamos a descifrar un misterio este fin de semana —replicó su compañía con emoción——. Vamos a descubrir el secreto del señor Wheatley.

—¿En serio? —replicó Archie en shock—. Creí que estaba bromeando anoche.

—Para nada, hijo —afirmó el Obispo con una risa mientras movía la espátula sin control—. Tengo un excelente plan.

Resultó ser que el plan del Obispo incluía quedarse hasta el siguiente lunes, pero Archie se resignó a tolerar unos pocos días más hospedando a su visitante para así llevar a cabo el plan del anciano. Tuvieron que involucrar a Martin Fry, quien, al preguntarle, estaba más que dispuesto a participar en la conspiración y, por su parte, le contó a Elizabeth, quien aceptó mantener todo en secreto.

Para completar el plan, el Obispo Honeywell insistió en realizar la misa del domingo ese fin de semana, dejando al Reverendo Matthews libre para investigar los extraños sucesos en el campanario, donde sospechaba que Bill Wheatley estaba involucrado en alguna clase de encuentro. Martin Fry debía quedarse afuera en el cementerio y vigilar cuando intento repentino de escape. Elizabeth creía que era un plan incompleto, pero ninguno de los hombres le dio importancia e insistieron en ejecutarlo de inmediato.

Mientras la congregación entraba en fil a la iglesia, emocionados por la idea de recibir un sermón del Obispo, Bill Wheatley estaba en el campanario, sonando las campanas para darles la bienvenido a los feligreses. Él recibía la ayuda de otros miembros de la comunidad, pero, notó Archie desde su posición al frente, cuando las campanas dejaban de sonar, los demás se unían al servicio. El Sr. Wheatley no.

Archie esperó hasta que el primer himno empezó, para que los demás feligreses no se preocuparan por mostrar sus habilidades vocales frente al Obispo, para girar el pomo de la puerta hacia el campanario y entrar. Al hacerlo, escuchó un suave ruido desde la salida opuesta y a un caballero escapar en carreras. Archie lo siguió, caminando con cuidado para evitar hacer ruido sobre los adoquines, y logró ver la chaqueta de Bill Wheatley desapareciendo.

El vicario miró alrededor. Martin Fry estaba cerca de la pared de piedra, haciéndole señas sobre cuál camino seguir, por lo que Archie apretó su chaqueta y corrió a través del cementerio a toda velocidad.

—Vamos —bufó Martin—. Anda en su bicicleta de camino hacia el pueblo. Súbase al auto.

Archie siguió la esbelta figura del Sr. Fry hacia el Ford Cortina y se subió en el lado del pasajero.

—Maldición —farfulló Martin—. No había corrido así desde mis días de deportista en la secundario.

—Bueno, tal vez ahora puede pensar en dejar esos horrendos cigarrillos —replicó Archie, poniéndose su cinturón de seguridad.

El conductor le lanzó una mirada asesina y encendió el motor.

—¿Quiere que lo siga o no?

—Sí, sí —bufó el vicario, moviendo sus manos—. Rápido y lo perderemos.

Condujeron por la ladera, manteniendo una distancia segura por detrás del confiado Sr. Wheatley para que no los notara, pero lo suficientemente cerca como para ver a dónde iba. No pasó mucho tiempo hasta que el hombre de mediana edad se detuviera y bajara de su bicicleta, dejándola apoyada contra una pared cercana. Martin se estacionó detrás de un coche y los dos hombres vieron a Bill ajustar su corbata y peinar el poco cabello cano que tenía sobre su cabeza, acomodándolo con un poco de saliva.

—Tiene una mujer —murmuró el Sr. Fry emociona-do—. Vea cómo va por el camino del jardín.

—Oh, eso es —contestó Archie en voz baja—. Lo mejor sería que esperáramos aquí. ¿Y por qué estamos susurrando?

Unos pocos minutos después, Bill Wheatley reapareció, se veía sonrojado mientras metía algo en el bolsillo de su chaqueta.

Archie y Martin intercambiaron una mirada, confundidos.

—Bueno, ese no fue tiempo suficiente para… ah, ya sabe —empezó el conductor.

—¿Cuánto tiempo se requiere? —preguntó Archie, sin darse cuenta de las implicaciones de su pregunta.

Martin le dio un codazo en las costillas, parecía que estaba a punto de hacer una broma, pero cambió de idea.

—Oh, rayos —balbuceó, un poco avergonzado—. ¡Por un minuto olvidé que es un vicario!

—Sí, bueno, no importa —masculló Archie—. Ya se volvió a alejar, vamos.

Unas pocas calles después, Bill se volvió a detener y se bajó con cuidado de su bicicleta, acomodó su cabello y caminó hasta la entrada de una casa semiadosada. Era difícil ver l que hacía, pero el vicario estaba seguro de que el extraño hombre se estaba encaminando hacia la parte trasera de la casa. Volvió a salir luego de unos minutos y se detuvo en la calle, de nuevo luchando con el contenido de sus bolsillos.

—Bien, en la siguiente casa debe bajarse y seguirlo —declaró Martin Fry, atacando a Archie con su dedo—. De lo contrario estaremos haciendo esto todo el día sin descubrir nada.

—¿Yo? —exclamó Archie, subiendo el volumen—.

¿Por qué yo? Además, estoy usando mi sotana y no puedo correr por ahí. Vaya usted.

—Oh, no, no lo haré —alegó su amigo—. Debo estar preparado en caso de que haya que huir.

—Muy bien —bufó Archie, intentando quitarse su sotana por sobre la cabeza—. Solo no lo pierda de vista.

Mientras el Cortina avanzaba por las calles siguiendo a su inocente presa a una miríada de jardines, varios jóvenes se detuvieron para observar. Debía ser todo un espectáculo con Martin Fry inclinado sobre el volante con un cigarrillo en su boca, mientras el pasajero luchaba por desvestirse. En cuanto a Bill Wheatley, continuó bajándose de su bicicleta a intervalos regulares, peinándose y obsesionándose con el contenido de sus bolsillos, ignorando que lo estaban siguiendo.

—Rápido, rápido —gritó el Sr. Fry, deteniendo el coche—. Vaya, se fue por ahí.

Archie tiró la túnica negra a la parte trasera del carro y se bajó. Podía ver a Bill caminando por otro jardín y lo siguió con cuidado por el otro lado de los arbustos. Al acercarse al final, donde los arbustos conectaban con una cerca, el vicario metió su cabeza por las ramas.

Fue entonces cuando presenció el secreto de Bill Wheatley.

El extraño hombre estaba de pie en el jardín de la casa, mirando fijamente el tendedero. Estaba paralizado en su asombro, con una amplia sonrisa en su rostro. De repente corrió hacia adelante, tomó unas bragas de seda y las metió en su bolsillo mientras corría de regreso a su bicicleta.

Archie se agachó e intentó volver en carreras al auto,

pero su espalda empezó a doler por la actividad y lo único que logró fue reptar lentamente.

Para cuando volvieron a la iglesia, tanto el vicario como el esposo del ama de llaves no se veían en buenas condiciones. Archie tenía manchas de barro en sus pantalones y la sotana estaba arrugada como un pañuelo viejo. Martin se veía bien en un inicio, pero sus ojos estaban cargados de sorpresa por la última revelación. La misa estaba por acabar, el Obispo Honeywell estaba leyendo la última oración, lo que le dio tiempo suficiente a Bill Wheatley para volver al campanario y tomar su lugar bajo las campanas.

El Obispo Honeywell estaba respirando el aire fresco mientras observaba a la congregación irse, tenía el ceño fruncido.

—¿Entonces es un ladrón de ropa íntima? —gruñó—. Saben que tiene que detenerse.

Archie estuvo de acuerdo, sintiendo un escalofrío por su espalda al pensar en la colección de ropa interior de Bill Wheatley.

—Entonces, ¿qué hago? —preguntó, limpiando el lodo de sus mangas.

—¿Hacer, hijo? —rio el Obispo—. Vaya, el próximo domingo, Archibald, le dice a las mujeres sobre los pecados de lavar la ropa el día de descanso del Señor.

Archie guiñó un ojo.

—Creo que puedo lidiar con eso —aceptó.

OCHO

La Familia Trubshaw

Era el tercer domingo de junio y el Reverendo Matthews estaba preparándose para un bautizo que ocurriría durante la misa del domingo. Era el primero que debía realizar desde que se mudó al pueblo y se sentía bastante agitado. El vicario no era muy tolerante con los niños, no había tenido mucho contacto con ellos en su propia familia y los jóvenes que iban a misa lo molestaban con su inquietud y quejas. Los bautizos eran un calvario en su vida, lo único que sabía era que el bebé por bautizar lloraría en cuanto el agua tocara su cabeza. En más de una ocasión, en su antigua parroquia, las pequeñas criaturas se habían orinado cuando el agua entraba en contacto y se había encontrado en un desagradable predicamento. Archie esperaba que este no fuera uno de esos días.

La misa progresó como era usual y la congregación cantó con gusto. El Reverendo Matthews había elegido *"Onward Christian Soldiers"* y *"The Old Rugged Cross"* como los primeros dos himnos y, al ser las canciones más populares, todos cantaron con el corazón. Mientras los feligreses estaban de pie con sus bocas abiertas y con los libros de cantos en sus manos, el vicario miró alrededor. Sentía un inmenso orgullo de que, semana tras semana, la participación en la iglesia crecía y que las personas se involucraban más con las actividades de la parroquia. El Doctor Evans, por ejemplo, se había ofrecido como voluntario para unirse al coro y su profunda voz de barítono tenía una perfecta entonación. Aún no había señal de Marjorie Evans como regular en la misa, pero aparecía en ocasiones para alguna boda, bautizo o funeral, donde sabía que habría alcohol gratis después.

Rachel Graham parecía estar lidiando bien con su situación y a menudo se la veía ayudando a sus amigos imaginarios a sentarse en la banca y dándoles los programas. Ted Bennett no faltaba a ninguna misa de domingo y siempre era el primero en sacar una donación de sus bolsillos.

Luego de darle fin al fiasco con el licor ilegal, la familia Brownlow se esforzaba al máximo por unirse a la congregación, sus hijos adolescentes se les unían con renuencia, pero siempre iban bien vestidos y respetables. Por supuesto, Florence Wheeler era un miembro clave de la congregación, sentada en la primera fila con su bolso sobre sus rodillas y su esposo sentado con afecto junto a ella. Aún llevaban flores para las tumbas de sus hijos media hora antes de que iniciara la misa, decían una oración por su pérdida y removían cualquier hierba mientras lo hacían.

Bill Wheatley entendió la indirecta sobre la ropa luego de un par de semanas y ahora observaba la misa desde la parte posterior de la iglesia. Al parecer la ropa interior había dejado de desaparecer.

Y ese día, con la congregación mirando hacia el frente, sus rostros sonrientes y emocionados por el bebé Trubshaw, el pequeño que esperaba ser bautizado, el Reverendo Matthews le pidió a la familia que se reuniera al frente. La Sra. Fry estaba dispuesta a ayudar y le entregó las candelas a los padrinos elegidos, quienes estaban resplandecientes con sus mejores trajes y ligeros vestidos, ojos fijos en el infante.

El Sr. y la Sra. Trubshaw se veían particularmente bien y Archie esperaba que hubiese una elegante fiesta para celebrar el bautizo de su bebé. Sabía que Barry Trubshaw era un camionero de largas distancias y pasaba varios días lejos de casa; mientras que Stephanie, su esposa, había trabajado algunos turnos en *"The Swan"* hasta que quedó embarazada el verano anterior. Eran una joven pareja, estaban en sus veintes, y la pequeña Isobel era su primera hija. Una delicada bebé rubia con ojos avellana; Archie no pudo evitar pensar que el color era una combinación inusual, ya que ambos padres tenían cabello castaño y ojos azules. Aun así, no tenía ningún conocimiento previo sobre la pareja ya que acababan de mudarse al pueblo, por lo que evadieron el escrutinio del Reverendo Wilton-Hayes en ese libro negro.

Levantó a Isobel Trubshaw en sus brazos y maldijo las capas de encaje en el vestido de la bebé en su mente. El Reverendo Matthews tomó una taza llena de agua con su mano libre y bendijo a la niña con voz fuerte y clara. No hubo gritos, solo una gentil sonrisa mientras la pequeña miraba hacia los ojos del vicario. Archie no pudo evitar devolverle la sonrisa, su pared defensiva se quebró un poco, y la bebé rio con alegría.

Luego del servicio, Barry Trubshaw se acercó al vicario para agradecerle.

—Tiene un verdadero don con los bebés —comentó

con una sonrisa, dándole la mano a Archie con entusiasmo.

—Me tengo que me falta práctica —confesó el Reverendo Matthews sonrojado—. Pero es una muy buena niña.

El Sr. Trubshaw señaló a su esposa.

—Lo tomó de su madre, es un diamante. —Hizo una corta pausa para ver a Stephanie mecer a la niña para dormirla en sus brazos, y luego se giró de regreso a Archie.

—Vendrá a *"The Swan"* a tomar y comer algo, ¿cierto, vicario?

El Reverendo Matthews miró su reloj. Si iba por un par de horas, todavía podría estar de regreso en la vicaría a tiempo para ver *University Challenge* en televisión. La parte favorita de su semana era poner su conocimiento a prueba contra esos inteligentes cerebritos.

—Por supuesto —replicó—. Pero solo por un momento, tengo otros asuntos que atender, señor Trubshaw.

El hombre regordete asintió y caminó sobre la grava hacia su círculo de amigos y familiares. Archie lo observó caminar y no pudo evitar pensar que había algo inusual sobre Barry Trubshaw, pero antes de que alguna idea se plantara en su mente, el vicario maldijo su sospecha y se ordenó dejar de pensar de más. Los Trubshaw eran decentes, felices y normales.

En *"The Swan"*, Michael Vickers y su personal estaban ocupados llenando pintas y sirviendo platos desechables con servilletas dobladas entre cada uno. Archie a menudo se preguntaba por qué las personas hacían eso. Lo molestaba en gran medida porque él era la clase de persona que solía necesitar más de una servilleta y siempre se preguntaba sobre la etiqueta de volver por una segunda, ¿debía también tomar el segundo plato o dejarlo sin servilleta para la siguiente persona? Mientras meditaba sobre esta pregunta, como había hecho en tantas ocasiones en el pasado, Barry Trubshaw apareció a su lado con dos pintas de cerveza.

—El señor Vickers dijo que bebe la mejor cerveza amarga —comentó el joven con una sonrisa, entregándole al vicario el vaso con la espumosa cerveza—. Es toda suya, Reverendo.

—Oh, en serio. —Archie se sonrojó, aceptando la bebida—. No era necesario. Y gracias de nuevo por invitarme.

Barry Trubshaw bajó la mirada a sus brillantes zapatos negros, intentando pensar en qué decir. No estaba acostumbrado a hablar con hombres religiosos y se sentía algo avergonzado por no conocer mejor al vicario de la parroquia.

Archie se quedó de pie observando las mejillas sonrojadas del hombre y su tersa piel, pasó una mano sobre su barba de dos días sin darse cuenta. Había olvidado afeitarse esa mañana.

—Bueno, será mejor que vaya a saludar a su esposa —comentó el vicario eventualmente, rompiendo el silencio—. Y ver que la pequeña Isobel esté dormida.

Barry dejó salir el aire, contento por la oportunidad de alejarse.

—Sí, la llevaré a tomar algo de aire fresco.

Los dos hombres caminaron hacia Stephanie Trubshaw, Archie inició una conversación sobre el buen comportamiento de la bebé durante el bautizo en la fuente y Barry llevó el coche hasta la puerta trasera, lejos del humo y de la conversación.

Como se había prometido a sí mismo, Archie se encaminó hacia su casa una hora y media después, sin pensar en nada más que ponerse cómodo en el sofá con Hector mientras ponía su conocimiento a prueba contra los cerebritos en la televisión.

Hector ya estaba esperándolo, con tres ratones muertos en la áspera alfombrilla junto a la puerta.

Al día siguiente, el Reverendo Matthews tenía un humor bastante sombrío. Era el aniversario de la muerte de su amada abuela; habían pasado muchos años, pero seguía siendo doloroso, por lo que decidió tomar una hora para sí mismo, rezando y pensando. Como era usual para un lunes en la mañana, la iglesia estaba vacía y en silencio, las flores del día anterior estaban en plena floración y el delicioso aroma de los lirios llenaba el aire. Archie se sentó en la primera fila de bancas y apoyó la fotografía de su infancia en la tabla de madera frente a él. Pasó un único dedo sobre el sonriente rostro de su hermano, la alegre expresión de un niño sin preocupaciones, y luego inclinó su cabeza para rezar por su abuela y su hermano.

Un tiempo después, sintiéndose un poco mejor, el vicario se levantó y guardó la fotografía en el bolsillo de su chaqueta para dirigirse hacia el campanario, quería comprobar que todo estuviese en orden luego de la misa del día anterior. Aún se sentía receloso sobre las acciones de Bill Wheatley. Sin embargo, antes de poder alcanzar la puerta del campanario, Archie notó un pequeño objeto circular junto a la fuente. Se inclinó para inspeccionarlo mejor, y descubrió que era un diminuto guante, lo más probable era que le perteneciera a la bebé recién nacida que había bautizado el día anterior. Lo tomó y caminó hacia el exterior.

La mañana era cálida con solo unas pocas nubes grises

sobre las colinas a la distancia, nada por lo que preocuparse. El vicario bajó la mirada al diminuto guante, suave al toque y con un lazo rosa; se sentía más suave que una bola de algodón. Volvió a ver hacia el cielo y resolvió entregar el objeto a su dueña; además, un paseo hacia el pueblo podría mejorar su humor un poco. Por lo que, metiendo el guante en el bolsillo donde no estaba la fotografía, cruzó las puertas de la iglesia y se encaminó hacia el pueblo. La Sra. Fry sin duda se preguntaría dónde estaba, inquieta sobre la comida que hubiese preparado para el almuerzo, pero Archie no tenía apetito ese día, en su lugar estaba preocupado sobre la tumba desatendida de su hermano a tantos kilómetros de distancia.

Luego de llamar a la puerta trasera de *"The Swan"* para obtener la dirección de la residencia de los Trubshaw de parte de Mike Vickers, el Reverendo Matthews se encaminó hasta que llegó a un par de granjas en la calle hacia la mina. Ambas se veían bien atendidas y los jardines empezaban a florecer. La que Barry Trubshaw rentaba con su familia estaba a la izquierda mientras las veía con sus brillantes cortinas blancas colgando desde cada ventana como alas de ángeles. El vicario pasó una mano por su suave cabello canoso y se inclinó para liberar el cerrojo del pequeño portón de metal. Se detuvo para escuchar, asegurándose de que no había ningún perro a punto de morder sus tobillos. Seguro de que no tenía nada que temer, Archie llamó a la puerta.

—Reverendo, buenos días —saludó Stephanie Trubshaw con entusiasmo cuando abrió la puerta, meciendo a la pequeña Isobel contra su cadera—. Qué agradable sorpresa.

Archie buscó en su bolsillo y sacó el guante doblado.

—Buenas, señora Trubshaw, encontré esto.

Stephanie dejó salir una risa femenina y estiró su mano para tomar el diminuto guante de su hija.

—Ja, me preguntaba dónde estaba, casi le di vuelta a toda la casa buscándolo.

—Oh, vaya, lo lamento por eso —comentó el vicario con un suspiro—. Estaba en la iglesia, junto a la fuente.

—¿Le gustaría una taza de té? —ofreció la mujer, abriendo más la puerta—. Ya puse la tetera.

Archie dudó por un segundo y luego cedió.

—Sí, gracias, una taza sería agradable.

La cocina de la cabaña era cálida y acogedora, con una estufa de aceite Rayburn siempre encendida para ayudar a secar la ropa y para calentar el resto de la casa. Un largo tendedero estaba ubicado sobre la estufa y el vicario pudo ver que este día en particular estaba en uso. Aunque la mayoría de los ítems secándose parecían fajas de mujer.

Stephanie le pasó la bebé a Archie mientras preparaba sus bebidas y él sostuvo a la niña con cuidado, aunque incómodo. Isobel parecía bastante alegre de estar sentada sobre el regazo del vicario y balbuceaba para él mientras exploraba sus botones con hábiles dedos. Archie observó su alrededor mientras esperaba por el té, bajando la mirada hacia la pequeña cada minuto, solo para asegurarse de que estaba contenta.

Parecía que la Sra. Trubshaw mantenía la casa lo suficientemente limpia, aunque, si Archie viviera ahí, los biberones y su equipo de limpieza estarían guardados en lugar de ocupar las superficies de trabajo. También notó un rastro de azúcar sobre la mesa, donde había derramado un poco mientras preparaba su bebida, y el basurero también parecía estar bastante lleno. El vicario olfateó el aire, podía oler algo como alimento de perro desde el otro lado de la habitación, combinado con el distintivo aroma de bebé limpio. Bajó la mirada hacia su regazo, los regordetes brazos de Isobel mostraban rastros de talco de bebé y su cabello estaba suave y esponjoso, el delatador rastro de que acababa de ser lavado.

Hizo rebotar a la pequeña sobre su rodilla un par de veces, intentando hacerla reír, lo cual logró de inmediato. Archie conectó con los ojos de Isobel, oscuros y pequeños como canicas marrones, y, por segunda vez en un par de día, se preguntó sobre el inusual color de la niña.

—Aquí, déjeme tomar a Isobel —ofreció Stephanie, colocando dos tazas de té sobre la mesa—. Es probable que ya esté lista para su siesta de todos modos.

Archie le pasó la pequeña a su madre, una sonrisa tirando de sus labios mientras lo hacía.

—Aquí vamos —murmuró—. Es hora de ir a la camita.

—No me tardaré mucho —aseguró la Sra. Trubshaw—. Tome unas galletas de la lata.

El vicario miró el contenedor de plata y madera sobre la mesa y notó que la tapa solo estaba colocada a medias, por lo que asumió que el contenido estaría suave o tieso y dirigió su atención hacia el té.

Cuando la joven mujer dejó la habitación, Archie aprovechó la oportunidad al quedarse solo para asimilar sus alrededores. Lo primero que notó fue una pila de libros de cocina, todos prestados de la biblioteca por el código blanco en el lomo, los cuales contenían recetas básicas para pasteles, tartas, estofados y postres. Era obvio que la joven ama de casa estaba intentando mejorar sus habilidades culinarias. El estómago del vicario rugió de forma involuntaria al preguntarse qué delicias había preparado la Sra. Fry para él; ella de verdad era una excelente cocinera.

Intentó aplacar su creciente apetito dirigiendo su atención al té caliente y dejando que el líquido bajara por su garganta. Al levantar la taza hacia su boca, sus ojos de nuevo cayeron sobre la ropa secándose sobre la estufa. Los grandes corsés no podían pertenecer a Stephanie, ella tenía un cuerpo bastante delgado, tal vez lavaba la ropa de otros o tenía un familiar mayor a quien cuidar.

—Acostada y durmiendo —anunció la Sra. Trubshaw cuando regresó a la habitación.

—Ah, bien —replicó el Reverendo Matthews—. Puede que consiga tener una hora para sí de vez en cuando.

La joven sonrió y señaló hacia los recetarios.

—Estaba esperando tener tiempo suficiente para preparar algo especial para esta noche, es nuestro aniversario.

—Encantador —comentó Archie, bajando su taza vacía—. ¿Cuántos años llevan casados, si no le molesta que le pregunte?

Stephanie se sonrojó, una creciente inundación rosa sobre sus mejillas, en cuanto hizo la pregunta.

—Hemos estado junto por cinco años, vicario.

Archie sintió un leve temblor en su voz, pero la mujer seguía sonriendo.

Más tarde ese día, luego de sucumbir a un plato de emparedados de queso y pepinillos y una rebanada del excelente pastel de fruta del ama de llaves, Archie vagó hasta la iglesia para crear una lista de tareas que debía realizar. Aún estaba cálido afuera, pero el interior del edificio estaba tan frío como el hielo, como era usual. El vicario se maldijo por no haber traído una chaqueta, estaba destinado a sufrir dolor en su espalda luego de una hora más o menos a esta temperatura, se dijo.

La urgencia por mantenerse cálido impulsó al Reverendo Matthews a actuar, y en treinta minutos había logrado escribir una larga lista, lo suficiente como para mantenerlo ocupado por varias semanas. El único punto que no había considerado era la sacristía, justo el lugar a donde se dirigían sus pies en ese instante.

Estaba un poco más cálida, debido al pequeño tamaño y las cortinas de terciopelo, y contenía las múltiples sotanas ceremoniales del vicario. Aquí también era donde guardaba los artefactos religiosos más valiosos, guardados a salvo bajo llave. Después de todo, nunca se sabía cuándo un miembro de los feligreses podía caer en tentación. Un ítem que no estaba bajo llave era el registro de la parroquia, un pesado y complicado libro donde generaciones de vicarios habían registrado las muertes, matrimonios y bautizos de los ciudadanos. Archie se sentó en una silla y acercó la crónica hacia él, pasando las páginas de forma automática a cinco años atrás. Si los Trubshaw se habían casado en este distrito, se dijo a sí mismo, la fecha estaría ahí. El instinto le decía que había más sobre la relación de Stephanie y Barry de lo que sabía, y la curiosidad empezaba a ganarle.

Nada. No había registro de haber leído las prohibiciones y sin duda ningún matrimonio. Aun así, solo se podía concluir que la pareja se había mudado aquí mucho más recientemente de lo que había asumido. Archie se preguntó si la Sra. Fry sería sincera con más detalles si la presionaba, aunque ese no fue el caso.

· · ·

—Señora Fry —empezó el Reverendo Matthews, justo mientras la mujer se iba al final del día—. ¿Conoce a los Trubshaw? Parecen una linda pareja joven.

Elizabeth continuó poniéndose su chaqueta de algodón sin girarse.

—Sí, son adorables.

—¿Se mudaron recientemente? —presionó, intentado sonar casual.

—Solo, solo un par de años, si recuerdo bien —replicó Elizabeth, girándose para tomar su bolso—. ¿Por qué?

Archie se encogió de hombros.

—Oh, ningún motivo en particular, solo me preguntaba dónde habían celebrado su matrimonio.

—Eso es algo extraño —comentó el ama de llaves—. ¿Ocurre algo?

—Nada —mintió—. Es solo que hoy es su aniversario.

—Oh —contestó de forma breve—. Bueno, supongo que es asunto de ellos, ¿no?

Archie dio un par de pasos hacia la Sra. Fry, intentando ver si estaba molesta o algo, ya que su voz sin duda no sonaba amistosa y la mirada aguda que le lanzó pudo haber convertido el pudín de arroz en hielo, pero un segundo después había desaparecido, cerrando la puerta de golpe detrás de ella.

Esa noche, estirado sobre el sofá con Hector, el vicario sacó su diario con la intención de copiar su lista de trabajos a realizar en la iglesia. Supuso que si se enfocaba en atacar un ítem grande o dos pequeños cada semana, el área general estaría en excelentes condiciones para Navidad. Por suerte, la vicaría estaba bajo el escrutinio de su ama de llaves y, por ende, no necesitaba hacer mucho para mantener su hogar. Pasó hasta la fecha de ese día, con su lápiz preparado para escribir. Demonios, maldijo, ¡eso era lo que estaba erróneo!

Frente a él en la página, escrito con su propia letra cursiva, ese mismo día era el cumpleaños de la Sra. Fry. Archie gruñó para sí. De todas las personas con las que podía contar, los Fry estaban de primeros en esa lista. Lo había ayudado a asentarse, organizaron los viajes de un lugar a otro, le llevaban comida de su propia cocina, lo ayudaban los domingos, pero, lo más importante de todo, Martin y Elizabeth le había dado una amistad.

El vicario corrió escaleras arriba de inmediato, esperando poder salvar la situación un poco después de todo. Abrió su gaveta junto a la cama, se arrodilló y sacó algo del interior. Era una hermosa bufanda de cachemira rosada, comprada en una de las tiendas más grandes del pueblo y un objeto que había pensado para el cumpleaños de su madre la semana siguiente.

—Siempre puedo comprar algo más para mi mamá y enviarlo a tiempo —murmuró, corrió escaleras abajo para encontrar algo de papel de envoltura—. Mi distracción me costará bastante.

Como esperaba, entregarle el regalo a Elizabeth esa noche fue como abrir una caja de Pandora que ¡ni el Reverendo Matthews sabía cómo volver a tapar!

—Gracias —chilló emocionada la Sra. Fry mientras abría su regalo en el umbral como una pequeña niña—. De verdad creí que lo había olvidado, pero en serio no tenía por qué…

Archie tosió, algo avergonzado de que su gesto había causado tal reacción.

—Es solo un símbolo de mi aprecio, señora Fry.

—Oh, dejaría de ser tan formal —comentó la mujer con una risa, lanzando sus brazos alrededor del cuello del vicario—. Necesita empezar a llamarme Elizabeth.

—Muy bien, si así lo desea —aceptó, preguntándose cómo apartarla de forma educada.

—¡¿Qué pasa con mis modales?! Por favor, entre —continuó la Sra. Fry, soltando a su jefe de inmediato—. Martin acaba de abrir una botella de vino.

—Es muy amable —concedió Archie—. Pero estaba esperando tomar un baño e irme a la cama temprano.

Elizabeth retrocedió, mirándolo de la forma conocedora que siempre usaba, entendiendo su necesidad por espacio y soledad.

—Por supuesto. Buenas noches, vicario.

—Archie —replicó, bajando su protección por medio segundo—. La veré en la mañana, Elizabeth.

—Buenas noches —se despidió con una sonrisa, preparándose para volver a entrar, pero luego dudo un momento y lo volvió a llamar—. Por cierto, sobre lo que me preguntó antes, los Trubshaw no están casados.

La dimensión de esa oración no afectó al Reverendo Matthews por completo hasta el día siguiente. Había sopesado las implicaciones del comentario de su ama de llaves, por supuesto, pero era la década de los setenta y muchos jóvenes estaban tomando el atrevido paso de vivir junto antes de intercambiar votos. No estaba en contra de la idea, a pesar de no cumplir con sus propias creencias, pero criar a un hijo fuera del matrimonio era un asunto completamente diferente y molestaba al vicario en gran medida. Era toda una vergüenza que la joven Isobel no había nacido de esta unión, aunque Archie no tenía duda de que los Trubshaw eran devotos el uno con el otro. Solo había un pequeño detalle, tendría que hablar con ellos. Una palabra amigable y algo de gentil persuasión podían ser todo lo que necesitaban después de todo, y si era un caso de falta de dinero, siempre podía hablar con Mike Vickers en *The Swan* sobre... fue entonces cuando el vicario dejó de planear. Por supuesto que Barry y Stephanie podía costear una boda, descubrió, habían gastado suficiente en el bautizo de la pequeña Isobel. Tal vez solo no querían. ¡Pronto cambiaría eso!

Como parte de su estrategia para convencer a Barry y Stephanie Trubshaw de la importancia del matrimonio, el Reverendo Matthews tomó el problema desde la raíz el domingo y preparó un sermón sobre Adán y Eva, la forma en que fueron creados en los ojos del Señor y la miríada de tentaciones presentes frente a ellos. Con una sutil narrativa y delicada manipulación, el vicario logró guiar la conclusión hacia la santidad del matrimonio y cómo las parejas debían ver sus relaciones como una inversión a largo plazo, enviada por Dios para probarlos.

El sermón fue bien recibido por todos, incluyendo la pareja para la cual estaba destinado. Ahora, de pie bajo el sol de verano, dándoles la mano a los feligreses y disfrutando la calidez contra su rostro, Archie se encontró mirando de frente a Barry Trubshaw.

—Esa fue una gran misa, vicario —lo halagó el joven—, justo le estaba diciendo a Linda que todo lo que dijo tenía sentido, sobre la importancia de las relaciones y eso.

Esto era como música para los oídos del clérigo y tomó a Barry por el codo, guiándolo a un lado.

—Señor Trubshaw, me alegra que viera la relevancia del sermón de hoy; verá, hay un tema delicado que me gustaría discutir con usted.

Barry escuchó al vicario con atención.

—Verá, resulta ser que descubrí que usted y Stephanie no están casados, y me preguntaba si había algún motivo o complicación con la cual los pueda ayudar; es decir…

Archie se detuvo. Barry Trubshaw había llevado una mano a su cabeza y se frotaba los ojos, intento no llorar.

—Lo lamento, vicario, es hora de que nos vayamos, Isobel debe comer en un rato.

El Reverendo Matthews vio al otro hombre alejarse, sus mejillas sonrojadas y la cabeza inclinada, y se preguntó si de verdad había molestado a la colmena esta vez- No había pretendido causar ningún malestar.

Sintió una mano sobre su hombro, por lo que Archie miró hacia el lado y encontró a Martin Fry ahí.

—No hay mucho que le pueda decir a los jóvenes estos días, vicario, sin que se enfaden con uno.

—Es solo que siento que hay más en esta historia de lo que está a simple vista —confesó Archie—. Ambos parecen tan sensibles.

El Sr. Fry encendió un cigarrillo y levantó una ceja.

—Sin duda lo descubrirá —recalcó.

Durante los siguientes días, el Reverendo Matthews se preguntó sobre su encuentro y se regañó. Tal vez había actuado de forma errónea, contempló, entrando de golpe antes de intentar un acercamiento sutil. Pero no lo entendía, Barry Trubshaw había admitido que estaba de acuerdo con las palabras mencionadas en la iglesia, sin duda eso significaba que apoyaba la idea de tomar a Stephanie como su esposa. Aun así, no estaba en la naturaleza del vicario decirles a los demás cómo vivir sus vidas, sentía que no tenía el derecho de hacerlo debido a su situación personal, pero esperaba con desesperación que su torpe sermón no hubiese causado problemas en la congregación.

. . .

Pasaron cinco días antes de que Archie volviera a entrar en contacto con los Trubshaw, y fue una sorpresa que fueron ellos quienes aparecieron en el umbral de la vicaría. La Sra. Fry ya se había ido ese día, de hecho la pareja quizá sabía eso y esperaron hasta que el vicario estuviera solo, por lo que Archie estuvo obligado a abrir la puerta él mismo, una tarea en la que casi nunca participaba cuando su ama de llaves estaba ahí. Miró a través del vidrio esmerilado de la puerta delantera y reconoció a la pareja de inmediato.

—Vaya, buenas tardes —declaró, abriendo la puerta por completo—. Por favor, entren.

Los Trubshaw siguieron al Reverendo Matthews por el pasillo hacia la sala de estar, charlando con educación sobre el clima y cómo había mejorado.

—¿E Isobel? Noté que no está con ustedes —observó Archie.

—Está con la señora Wheeler —aclaró Stephanie—. Solo por un momento para poder hablar con usted.

—Ya veo, bueno, tomen asiento. ¿En qué los puedo ayudar?

Ahora, a pesar de su comportamiento tranquilo, el vicario ya estaba preparándose para escuchar que la pareja quería establecer una fecha para su boda, y se removió en su silla.

—Verá, la cosa es, Reverendo —empezó Barry Trubshaw—. Sabemos que tenía buenas intenciones, con su sermón y todas las pistas que ha dejado, pero la cosa es que estamos enamorados, pero no nos podemos casar.

Archie se quedó inmóvil, su boca formaba una "O", antes de presionar por más información.

—¿Hay algún motivo legal? ¿Alguno de ustedes está casado con alguien más? —preguntó, esperando que este no fuera el caso.

—No, nada de eso —interrumpió Stephanie con timidez, mirando a su compañero—. Ninguno de nosotros está casado.

El vicario sonrió con calidez, de verdad quería ayudar.

—Vamos, de seguro podemos solucionar esto.

La pareja se quedó en silencio, mirándose entre sí y evitando la mirada del clérigo. Eventualmente, Barry respiró hondo y confesó sus problemas.

—Isobel no es mi hija —confesó, tomando la mano de Stephanie—. Es la hija de mi hermano.

Archie se quedó sorprendido, asimilando la proporción de las palabras del hombre.

—Ya veo —fue todo lo que logró mascullar.

—Me temo que no —continuó el Sr. Trubshaw—. Stephanie y Ralph tenía mi completo consentimiento.

Archie pasó sus dedos por su cabello y se levantó.

—No creo que deba escuchar nada más…

—Por favor —rogó Stephanie—. Por favor, escuche lo que tenemos que decir.

Archie se sentó en el reposabrazos de la silla, listo para levantarse de nuevo de ser necesario.

—Muy bien, adelante.

—Verá, deseábamos con desesperación tener un bebé propio —admitió Barry—. Pero yo no puedo tener hijos.

—Sin duda existe la adopción —farfulló Archie—. O incluso una casa de acogida.

—No es una opción para nosotros, vicario; verá, no somos una pareja convencional.

Archie aún no entendía lo que intentaban decir.

—Entonces, ¿qué clase de pareja son?

Stephanie suspiró, frustrada por el hecho de que el Reverendo tardaba tanto en comprender.

—Barry nació como Brenda —aclaró, dejando todas las cartas sobre la mesa.

El vicario se congeló, de verdad sorprendido. Pero de repente lo entendió, todas las señales habían estado ahí. Los tersos rasgos, los suaves manierismos, incluso los grandes corsés secando en la cocina de su cabaña. Barry Trubshaw seguía siendo, físicamente, una mujer.

—Por supuesto, nos mudaremos si es un problema —ofreció Stephanie—. No podríamos pedirle que guardara este secreto.

El vicario soltó el aire por la nariz, lentamente y con propósito, mirando los rostros de una pareja que se amaba entre sin reservas a pesar de los prejuicios alrededor de ellos.

—Su secreto está a salvo conmigo —afirmó al final—. Soy un hombre de Dios y mantendré mi palabra.

NUEVE

Romana y Magdalena Getzi

Mientras el enorme verano estiraba sus soleadas y cálidas alas sobre el pueblo, el Reverendo Matthews se encontró considerando sus deberes para los feligreses como los de un pastor guiando a su rebaño. Siempre habría una oveja negra entre ellos, aquellos que tenían problemas para llevar una vida pura y honesta, pero tenía que admitir, en general, los ciudadanos eran generosos, amables y dedicados, por lo menos aquellos que había llegado a conocer. Ahora, en el tema de las personas a las que el vicario aún no había conocido, solo quedaban unos pocos. Algunos ciudadanos poco conocidos aún saludaban al clérigo cuando lo veían pasar o se sentaban en los últimos bancos algo tarde y se iban justo cuando terminaba la misa, pero quedaban pocas vidas que aún eran un misterio para él. Sin embargo, entre los que nunca iban a la iglesia estaban las hermanas Getzi.

Archie había escuchado sobre ellas al inicio de agosto, casi ocho meses desde que había empezado su puesto en la vicaría y en un momento cuando él y la Sra. Fry estaban mucho más cómodos en la presencia del otro, el segundo ahora compartía alguna broma o rumor con su jefe a intervalos regulares. Como era el caso, esta mañana en particular, Elizabeth le estaba contando una de las payasadas de la congregación cuando sonó el timbre. Como el ama de llaves tenía las manos metidas en el agua jabonosa del fregadero, el vicario levantó la mano y se encaminó por el pasillo para abrir la puerta, todavía riendo mientras caminaba.

—Buenos días, amigo —saludó el Doctor Evans con una sonrisa, entrando al umbral sin esperar una invitación—. Me pregunta si podría ofrecerme una taza de café, descarado de mí, lo sé, pero estaba por aquí y…

—Por supuesto —lo cortó Archie encogiéndose de hombros y guiando el camino hacia la cocina—. Sígame.

—De hecho, ¿podríamos beber en el estudio? —susurró el médico—. Tengo un tema bastante delicado que discutir.

—Claro —replicó el vicario—. Tome asiento y le pediré a Elizabeth que prepare una bandeja.

—¿Elizabeth, ah? —bufó el doctor, dándole un golpecito a Archie en la espalda.

—Tenemos una relación del todo platónica —argumentó Archie indignado—. No hay nada malo con que use su nombre, ya que trabajamos juntos casi todos los días de la semana.

—Por supuesto que sí —comentó el Dr. Evans con una carcajada—. Y apuesto a que también algunas noches.

Archie ignoró el último comentario y se apresuró por el corredor deseando haber fingido no escuchar el timbre.

. . .

—Entonces, ¿qué es tan importante para merecer una visita? —preguntó el Reverendo Matthews, yendo directo al punto mientras cerraba las puertas del estudio detrás de él.

—Bueno, como dije, es un tema bastante delicado —empezó el doctor, cruzando sus manos sobre una rodilla—. Tengo un dilema sobre una de mis pacientes.

—¿Oh? Adelante —respondió Archie, tomando asiento en el sillón opuesto—. ¿Alguien que conozca?

—Bueno, no estoy seguro —comentó el Doctor Evans con lentitud mientras se rascaba la cabeza—. Es Romana Getzi.

Archie negó con la cabeza, sin reconocer el nombre.

—Vive con su hermana, Magdalena. Rentan una pequeña cabaña en Dashbury Moor, a unos cinco kilómetros de la granja Brushfield.

—Lo siento —admitió Archie—. Nunca escuché de ellas.

El médico se inclinó hacia adelante y exhaló antes de continuar.

—Son húngaras, creo, ambas tienen más de setenta y son autosuficientes, cultivan sus propios vegetales. Nadie sabe cuánto tiempo han vivido ahí o de dónde vienen con exactitud, pero debe ser unos veinte años o más.

—¿Y esta hermana, Romana, dice que no está bien? —aclaró el vicario.

—Sí, solo un caso de gastroenteritis —explicó el doctor—. Le di algunos medicamentos. No obstante, hay algo misterioso en esa cabaña y no puedo imaginar qué pueda ser.

Justo en ese momento hubo un golpe a la puerta y la Sra. Fry entró con café y galletas.

—Los dejaré a solas —comentó con respeto, retrocediendo hacia el pasillo——. Estaré arriba aspirando si me necesita, vicario.

Archie sonrió y dirigió su atención de regreso al asunto en mano.

——¿De qué clase de misterio está hablando? Sabe que lo ayudaré si puedo.

Durante la siguiente media hora, escuchó con atención al Doctor Evans explicando el dilema.

Esa tarde, Archie daba paseos por el pasillo de la iglesia, pensando en la información que el Dr. Evans le había dado sobre las hermanas Getzi. Personalmente, no podía entender por qué su amigo estaba tan angustiado, aunque algunos detalles eran algo extraños y era difícil darles una explicación racional. Decidió manejar el asunto con cuidado y sutileza, y un vicario era la mejor persona para asumir esta tarea. Mientras caminaba de un lado a otro, observando el sol brillar contra las ventanas de vidrio teñido, Archie formó un plan de acción que involucraba la ayuda de la Sra. Fry.

——Elizabeth ——llamó, lavándose las manos bajo la llave mientras el ama de llaves preparaba un pie en la encimera——. ¿De casualidad hay suficientes manzanas para un segundo pie?

La Sra. Fry revisó la canasta de mimbre en el suelo y asintió.

——Creo que sí, ¿para quién?

——Las señoras en Dashbury Moor ——confesó, preguntándose si ella cambiaría de opinión.

——Oh, bien ——replicó mientras agregaba harina al rodillo——. ¿Lo llevará por cuenta propia?

——Sí, ese era mi plan.

——Le traeré la bicicleta de Martin ——ofreció Elizabeth

sin girarse—. Pero tenga cuidado y vuelva antes del anochecer, suele haber mucha niebla en esos páramos.

—¿Qué, en verano? —comentó Archie con una risa.

—Sí, incluso durante el verano —advirtió—. Y no olvide usar la cruz.

El vicario frunció el ceño, preguntándose por qué la Sra. Fry actuaba tan dramática, pero no era capaz de verla mordiéndose los labios mientras trabaja en el pie, intentando con desesperación contener la risa.

A las cuatro y quince, quince minutos luego de terminar el día de trabajo, Elizabeth Fry regresó a la vicaría con la bicicleta de su esposo. Se veía bastante nueva y moderna, con un armazón sobre la llanta trasera diseñado para cargar paquetes pequeños y había una barra que iba desde el asiento hasta el manubrio, lo cual la convertía en una "bicicleta de carreras", según Archie. Al principio luchó con descubrir cómo andar con su espalda inclinada, una posición que no le resultaba ni cómoda ni práctica, pero luego de unos cuantos metros empezó a sentirse más relajado y a disfrutar el campo alrededor de él.

Mientras se acercaba a la cabaña, lo primero que notó el vicario fue que la cabaña de las hermanas Getzi estaba construida en el estilo de una cabaña agricultora, como las que se encontraban en las colinas de las Tierras Altas Escocesas. La piedra natural estaba pintada de blanca, pero la puerta original de madera tenía una apariencia gastada y vieja, como si hubiese soportado muchas tormentas. Había un ligero rastro de humo saliendo desde la chimenea central, lo que causó que el Reverendo Matthews se detuviera a observar. El sudor se había acumulado en sus axilas, lo cual era más por la cálida tarde que por el ejercicio, lo cual llevó a Archie a preguntarse qué tan frío estaba dentro de la cabaña de piedra como para que sus ocupantes necesitaran el fuego. Se bajó con cuidado, llevando la bicicleta hasta la pared alrededor del jardín de la cabaña y empezó a soltar el pie de manzana del armazón.

—¿Quién está ahí? —llamó una voz aguda desde el umbral.

El vicario dio un ligero salto, ni siquiera había escuchado la puerta abrirse.

—Ah, ¿señora Gertz? —preguntó, frente a frente con una anciana de baja estatura que usaba un delantal blanco sobre la ropa oscura—. Soy el Reverendo Matthews. Solo pasaba para ver cómo estaba.

—*Get-zee*, Getzi —corrigió la mujer—. ¿Por qué vino aquí?

Archie se esforzó por entender el acento y notó que podría haber un problema de comunicación.

—Para verla. Soy el vicario.

—Ja —bufó la mujer—. *Vic-aro*, no necesitamos.

—Soy amigo del doctor Evans —agregó rápidamente mientras la Sra. Getzi empezaba a cerrar la puerta—. Les traje un pie de manzana recién horneado.

La húngara se detuvo en el escalón y olió el aire como un lobo.

—¿Bueno? —preguntó.

—Oh, sí, bastante bueno —prometió Archie.

La mujer se giró para entrar, pero le indicó que la siguiera con su mano libre.

—Entre, yo preparar té.

Archie entró a una gran cocina, donde el calor del fuego era sofocante, pero era mucho más intenso por el techo bajo y las pesadas cortinas. La Sra. Getzi no habló, pero se ocupó llenando una gran tetera negra. Luego levantó con cuidado una burbujeante olla de la chimenea y la reemplazo con la tetera.

—¿Es esa su cena? —preguntó el Reverendo Matthews con entusiasmo, intentando aliviar el humor—. Huele increíble.

La anciana parpadeó y miró hacia la olla. Luego dejó salir una fuerte risa, era un sonido que Archie nunca antes había escuchado, mostrando sus encías sin dientes y su brillante lengua roja.

—Es medias —logró decir, recuperando el aliento.

—¿Lo siento? —preguntó Archie confundido.

—En olla, medias —repitió la Sra. Getzi, pero luego notó que el vicario no entendía, por lo que tomó unas largas pinzas de madera y sacó un par de medias de la olla—. Yo lavo.

Archie asintió, sintiéndose un poco tonto, y luego recordó el pie que seguía en sus manos.

—Aquí tiene —comentó lentamente, intentando que fuera más fácil de entender para la mujer—. Pie de manzana.

—No sorda —escupió, inspeccionando el pie—. Yo Magda.

Durante los siguientes diez minutos, la conversación fue forzada. Archie utilizó todas las sutilezas usuales, hablando del clima, la iglesia y noticias generales, todo el tiempo bebiendo la terrible agua sucia que Magda Getzi insistía era té. Sospechaba que le había dado algún extraño té vencido de la Europa Oriental en lugar de un debido té inglés, pero se esforzó por beber con una cantidad forzada de amabilidad.

—¿Quién viene? —interrumpió otra voz—. No veo carro.

El vicario se giró en su banco para ver quién hablaba y de inmediato vio a una gemela Getzi idéntica entrar a la habitación. Era igual de baja, con los mismos ojos brillantes y rostro cansado.

Hubo un rápido intercambio de unas pocas oraciones en húngaro y luego la segunda hermana se sentó.

—¿Se siente mejor? —preguntó Archie con respeto—. El Doctor Evans dijo que no se sentía bien.

—Mejor que la mañana —gruñó la mujer—. Yo Romana.

Le tomó un segundo o dos al vicario notar que la mujer le estaba ofreciendo su nombre, y mientras estaba sentado observándola, las hermanas intercambiaron unos movimientos de manos, era obvio que no querían que su visitante entendiera. Fue en ese momento que Archie notó algo extraño. Ambas mujeres estaban usando guantes de lana.

—Me parece, ¿tienen frío? —preguntó con ingenuidad—. Tal vez les vaya a dar gripe.

Magda bajó su mirada a sus manos de inmediato, entendiendo por qué el vicario había hecho esa pregunta.

—No, no frío.

Archie se giró para ver a Romana y la vio entrecerrando sus ojos hacia su hermana.

—Siempre usamos —agregó—. Es tradición.

El vicario nunca había escuchado de alguna costumbre que requiriera que las mujeres usaran gruesos guantes de lana en sus hogares y la expresión de desconcierto debió haber sido bastante obvia para las hermanas Getzi.

—Ahora se va —insistió Magda, señalando hacia la puerta—. Nosotras bien, *Vic-aro*.

Archie se levantó, no quería abusar de su helada bienvenida.

—Disfruten el pie. Buen día, damas.

Romana se dirigió hacia la mesa al ver el postre por primera vez.

—Oh, parece buen. Adiós, *Vic-aro*.

De camino a casa, los pensamientos de Archie estaban ocupados con lo que había visto y escuchado en la cabaña. Era obvio para él que Magda Getzi era la hermana dominante, había controlado la conversación y fue la que le dijo que se fuera, y Romana no había apartado su mirada de su hermana, casi esperando instrucciones. Repasó la media hora dentro de la cabaña en su mente, el vicario estaba seguro de que ahí ocurrían muchas más cosas curiosas de las que había pensado en un inicio, solo necesitaba analizar las pistas. En primer lugar, había una gran cantidad de jarros kilner en los estantes, pero eso podía no ser tan inusual cuando se consideraba que las mujeres cultivaban sus propias frutas y vegetales. Era probable que usaran los jarros para mermeladas y encurtidos. Pero también había un extraño aroma en la habitación, y no era solo por las medias hirviendo. Era un olor subyacente de algo balsámico, casi como menta, pero más como mentol. Tal vez las mujeres tenían el hábito de frotarse la piel con alguna poción orgánica, musitó. Todos estos pensamientos y más daban vueltas en la mente del vicario mientras pedaleaba con rapidez hacia la vicaría; estaba tan preocupado que el horrible té se quedó dentro de él hasta la última curva, donde, virando para evitar un agujero, el desagradable líquido salió del estómago de Archie hacia su boca. Era inútil, no podía contenerlo mucho más, y cuando un brillante coche verde lo alcanzó, el vicario se inclinó y vomitó sobre la ventana del conductor. Se encogió horrorizado.

Y, como si las cosas no fueran lo suficientemente malas, ¡el conductor se estaba riendo a carcajadas! Era Martin Fry.

Más tarde esa noche, luego de lograr consumir una pieza seca de tostada y varios vasos de agua, Archie llamó al Doctor Evans para discutir su visita a las hermanas Getzi. Confirmó todo lo que el médico le había contado más temprano ese día, los olores, el calor, las miradas hostiles y los guantes. Ambos hombres estaba de acuerdo en que algo muy extraño ocurría en esa cabaña, pero ninguno podía descifrarlo.

—¿De verdad importa? —preguntó Archie, cada vez más impaciente y cansado—. ¿No podemos solo lidiar con nuestros asuntos y dejarlas vivir sus vidas?

—Oh, sí, gran día —replicó el Doctor Evans con sarcasmo—. Lo siguiente que pasa es que alguna muere y me encuentra en una corte acusado de negligencia. ¡Bien hecho, vicario!

—No hable de moral conmigo —replicó conteniendo un bostezo—. Solo hay una forma de lidiar con esto y es ir ahí juntos. Ambos sabemos que estas mujeres son extrañas, pero eso no es ilegal.

—Lo sé, lo sé —comentó el doctor, calmándose un poco—. Pero sospecho que Romana Getzi puede tener una enfermedad grave y como están las cosas, no me deja revisar mucho más que su pulso.

—Claro, si estamos de acuerdo, puede venir por mí a las ocho de la mañana. Eso nos dará tiempo suficiente para ir a la cabaña antes de su cirugía en la mañana —concluyó Archie.

—No le apetece otro viaje en bicicleta, ¿o está

ENFERMO de eso? —masculló el Dr. Evans con una carcajada.

Archie colgó y se fue a la cama.

A la mañana siguiente, el vicario alimentó a Hector y estaba a punto de terminar su segunda taza de té cuando el doctor llegó. Era otra brillante y soleada mañana por lo que, usando solo una camisa y su collarín, Archie cerró la puerta trasera y se subió al auto. El Doctor Evans vio con timidez a su pasajero y empezó el proceso de formular una disculpa.

—Mire, sobre lo que dije anoche, amigo —balbuceó—. Solo era una broma.

—Las noticias sin duda viajan rápido —replicó Archie tenso—. Supongo que Martin no tardó mucho en contarlo, ¿cierto?

—Ah, no, de hecho estaba en *The Swan* cuando pasó a tomar una cerveza.

—Genial —farfulló el vicario, hundiéndose en su asiento—. Entonces ahora todo el pueblo lo sabe.

Se detuvieron frente a la cabaña de piedra, ambos hombres podían ver que ya habían abierto las cortinas y a una de las hermanas ocupada barriendo la entrada. Se miraron el uno al otro antes de bajarse del vehículo e intentaron sonreír con alegría.

—Buenas, señora Getzi —llamó el doctor mientras caminaba hacia la anciana—. Vine a ver a Romana.

—Ja —gruñó la mujer, señalando al vicario—. ¿Por qué él?

—El Reverendo Matthews vino por petición mía —empezó el Doctor Evans, pero la explicación se perdió en Magdalena, quien solo entró a su hogar, arrastrando la escoba detrás de ella.

Ambos hombres dieron un paso, esperando con ansias que ella dejara la puerta abierta. Eso hizo.

—¿Quieren té? —preguntó Magda Getzi, señalando hacia la tetera sobre el fuego—. Puedo hacer.

—¡No! —escupió Archie, más rápido de lo esperado—. Es decir, no, por favor, no se moleste.

—Ja —volvió a gruñir la mujer—. Buscar a Romana.

La vieja húngara se enderezó lentamente, se tambaleó hacia la habitación contigua y habló en susurros con su hermana, dejando a los dos hombres libres para inspeccionar los varios objetos en la cocina.

—¿Qué cree que sea esto? —murmuró Archie, oliendo una olla con un gelatinoso líquido verde que estaba sobre la mesa.

—Huele a eucalipto —señaló el Dr. Evans, inclinándose para inspeccionarlo—. Algún tipo de bálsamo, creo.

El vicario miró alrededor. Podía contar ocho ollas más con la misma mezcla sobre las repisas y otras que contenían diferentes brebajes de varios colores.

—¿Y estos?

—Ni idea —dijo el doctor con un encogimiento de hombros—. Estoy seguro de que no es nada de lo que le he prescrito.

—Ja —gruñó Magda detrás de ellos—. Romana aquí. No siente mejor.

La otra hermana apareció detrás de su gemela y frunció el ceño hacia los hombres.

—¿Qué ver?

—Ah, Romana. —El Doctor Evans sonrió—. Solo admirábamos su vasta colección de pociones, ¿son curas caseras? ¿Algo que han preparados ustedes mismas, tal vez?

—Sentar —balbuceó Romana, mirándolo con sospecha—. Revise, no siento mejor.

Mientras la anciana se encaminaba hacia sus sillas cómodas al otro lado del fuego, el doctor le guiñó un ojo a Archie y dijo:

—Romana, ¿puedo revisar su pulso, querida?

El vicario siguió la mirada de su compañero hacia las manos de las mujeres, las cuales estaban cubiertas con gruesos guantes de lana. Estaba intrigado por ver qué podía estar oculto bajo esos pesados elementos en el calor de la cocina, el cual estaba ardiendo incluso a esta hora.

—*Pul-sah* —repitió Romana, su acento era pesado y profundo—. ¿Cómo hace?

—Recuerda, le pregunté ayer —explicó el doctor—. Es para ver qué tan rápido está latiendo su corazón.

Tiró con cuidado del borde del guante, intentando descubrir la delgada muñeca de la anciana.

—No —escupió Magdalena, poniendo una pesada mano sobre el brazo del médico—. Digo no.

—Vamos, querida —la animó Archie—. El doctor no le hará daño a su hermana, solo está intentando ayudar.

Romana bajó la mirada hacia la fuerte mano de su hermana, los dedos sujetaban la chaqueta del Dr. Evans como las garras de un halcón, luego soltó una serie de frases en húngaro, dejando a los dos invitados en completa confusión sobre lo que estaban diciendo.

—Digo a Magda que usted ayudar —anunció Romana eventualmente en su quebrado inglés—. Ella no creer.

—Por supuesto que la ayudaré —calmó el doctor, tocando la mano de la anciana con gentileza—. Y también el Reverendo Matthews. Pero primero debo ver qué está causando el problema.

Miró con firmeza a Magdalena, esperando por su consentimiento.

—¿Por favor?

Magda Getzi asintió, pero entrecerró sus ojos a su hermana, era obvio que aún no estaba segura.

—Bien, ¿ahora puedo remover estos guantes? —rogó el médico—. Eso facilitará mi diagnóstico.

Archie se tensó, sintiendo la presión entre el Doctor Evans, las ancianas y él mismo.

—Bien —aceptó romana—. Cuidado, no está bien.

—Y ser secreto —advirtió Magdalena con fuerza—. No contar.

El Reverendo Matthews observaba desde su posición cerca de la chimenea. No más secretismo, pensó, cada hogar en este lugar parecía ocultar algo.

Removieron los guantes con facilidad, sin problemas, pero por debajo, las manos de Romana estaba vendadas y olían al bálsamo verde. El Doctor Evans miró hacia Magda y dudó por un segundo antes de preguntar.

—¿Sus manos están iguales?

—Igual —confirmó, levantándolas—. Nosotras gemelas.

El doctor continuó quitando el vendaje, lenta y cuidadosamente, apuñándolo en una bola mientras lo hacía. Al fin, cuando lo removió por completo, retrocedió atónito y el vicario se acercó para ver lo que estaba frente a él. No había palabras para describir sus emociones. Era un extraño tipo de curiosidad mezclada con miedo y desconcierto. Los dedos de Romana Getzi tenían escamas y parecían como los de un anfibio, estaban unidos por una intrincada piel hasta la punta de los dedos. Ambas manos eran idénticas y estaban cubiertas con el aromático gel verde.

Archie se levantó, inconsciente de que tenía la boca y

los ojos abiertos, mientras observaba las manos de la anciana. Al menos el doctor intentaba aparentar compostura, pero tenía una gran dificultar haciéndolo. Magda Getzi fue la primera en hablar.

—Pies iguales —señaló, indicando los pies de su hermana—. Yo también.

—¿Puedo? —balbuceó el Doctor Evans, tirando de los zapatos de Romana—. Yo... solo necesito ver.

Las gemelas asintieron en unísono y lo ayudaron a exponer los vendados tobillos de la mujer.

—Cuán extraordinario —comentó Archie mientras salían de la cabaña una hora después de su llegada—. ¿Alguna vez ha visto un caso como este antes?

—Para nada —admitió el doctor—. La mayor queja que he recibido sobre los pies era un mal caso de juanetes. Sin duda es el fenómeno más extraño que he encontrado.

Archie tiró de su cinturón de seguridad, pero se detuvo antes de ponérselo. Las manos del doctor estaban temblando un poco mientras intentaba meter la llave.

—¿Está bien? —preguntó—. Lo sorprendió bastante, ¿cierto?

—Mmm, creo que sí —admitió el Doctor Evans—. No se ve algo como esto todos los días.

—Sí, bueno, prometimos guardar el secreto y eso haremos —le recordó el Reverendo Matthews—. Además, la salud física de las mujeres es bastante buena, además de sus manos y pies unidos por membrana y la extraña dieta.

A pesar de la tentación por hospitalizar a las mujeres húngaras para realizar pruebas científicas, tanto el Doctor Evans como el Reverendo Matthews lograron mantener su promesa con las ancianas y continuaron sus visitas hasta que lograron persuadirlas de realizar las tareas diarias con las manos descubiertas. El médico creía que el aire fresco y los intentos menos homeopáticos para curar su discapacidad podrían aliviar un poco la piel sensible, dejando que las gemelas pudieran estar sin guantes. El vicario, a pesar de su intento por darle la bienvenida a las húngaras a la congregación, concluyó que era mejor dejarlas adorar a cualquiera que fuera el Dios en el que creían de la mejor manera posible, pero nunca dejó de creer que las vería en la iglesia.

Fue durante una conversación con el Obispo ese setiembre, mientras discutían el Festival de la Cosecha, que se mencionó el nombre de las hermanas Getzi.

—¿Tiene alguna persona necesitada en la parroquia, Archie, hijo? —preguntó el Obispo—. ¿Alguna persona que se pueda ver beneficiada por una canasta de víveres o algunos vegetales frescos?

—De hecho, sí —reconoció—. Hay un par de ancianas que viven en el páramo.

—¿En serio? —exclamó el Obispo Honeywell—. ¡En la zona silvestre!

—Dos hermanas húngaras —explicó el vicario—. Al parecer han vivido ahí por años.

—Interesante —musitó el Obispo, dubitativo—. ¿El Reverendo Wilton-Hayes las mencionó en su crónica?

—No, de hecho no —confesó Archie, preguntándose hacia dónde se dirigía el Obispo con esas preguntas—. Fue el Doctor Evans quien las mencionó por primera vez.

—Ah —exclamó la voz desde el otro lado de la línea—. ¿Y qué opina de ellas? ¿Son normales?

—No sé a qué se refiere —dudó, sintiéndose dividido entre si debía mantener su promesa y queriendo contarle toda la historia a su superior y mentor.

—¿Algún rasgo físico inusual? —presionó el clérigo.

—Algo… —empezó Archie con recelo, antes de que el Obispo Honeywell lo volviera a interrumpir.

—¡Ajá! Creo que tengo algo que debería leer, hijo. Lo buscaré y lo enviaré por correo.

—Cierto —comentó el vicario, preguntándose qué podría ser—. Gracias, su gracia.

Con las preparaciones para el Festival de la Cosecha en marcha, la conversación de Archie con el Obispo Honeywell se escapó de su mente hasta que, varios días después, recibió un gran sobre marrón en el correo- Como era usual, la Sra. Fry recogió el correo de la alfombra y lo dejó en la mesa del pasillo, por lo que no fue hasta tarde, subiendo las escaleras para cambiarse, que el vicario notó su llegada.

—Reconozco esa letra —murmuró el Reverendo Matthews para sí mismo mientras abría el sello con un abrecartas—. ¿Qué tenemos aquí?

Dentro había una noticia recortada de un periódico con la fecha del 3 de agosto de 1950. Tenía más de veinticinco años. Desdobló el papel con cuidado y lo estiró sobre la mesa de nogal y empezó a leer.

"Luego de tres semanas de intensa búsqueda por parte de la policía, aún no hay señales de las hermanas getzi, quienes desaparecieron de su caravana el 15 de julio. A pesar de los interrogatorios en todas las casas y del equipo de búsqueda, no se encontraron pistas.

El patrón, Gustav liman del famoso circo liman, reportó la ausencia de las gemelas húngaras luego de que no aparecieran para su actuación programada.

Conocidas como las "hermanas rana" por sus seguidores, Romana y Magda Getzi tienen inusuales manos y pies con dedos unidos por membranas y hablan poco inglés.

La comunidad circense tiene reputación de ser bastante cerrada, por lo que el inspector Trafford del

C.I.D. ha concluido que no hay causa para alarmarse y que es probable que las mujeres hayan regresado a su país de origen."

Por debajo de la columna había una fotografía en blanco y negro de las jóvenes Magdalena y Romana Getzi, sonriendo con renuencia hacia la cámara mientras mostraban sus manos.

Archie llevó el recorte del periódico hasta la cocina y tomó el teléfono.

—¿Evans? —preguntó—. ¿Puede venir? Hay algo que necesita ver.

DIEZ

Blackie Jenkins

A dos puertas de la casa de los Wheeler, en una casa adosada de estilo Victoriano, Blackie Jenkins y su familia vivían en moderada comodidad, gracias al arduo trabajo, orgullo y amor. Igual que sus antepasados, Blackie trabajó en la mina de carbón toda su vida adulta, se casó con una chica local sin gustos extravagantes y crio a su familia para que se cuidaran entre sí y a todos alrededor. Su apodo, dado por el viejo Jenkins como broma luego del primer turno de su hijo en la mina, era el único nombre con el que se referían a Blackie. Le pegaba bien, ya que todos los días se iba a trabajar tan limpio y blanco como las sábanas de su cama, pero cada noche volvía a su hogar cubierto de pies a cabeza con polvo de carbón y tan negro como el as de picas. Por supuesto, los demás mineros también regresaban a sus hogares cubiertos con los minerales que tanto buscaban bajo tierra, pero Blackie Jenkins siempre se veía más sucio, con solo dos anillos blancos alrededor de sus ojos y sus relucientes dientes.

La Sra. Jenkins tenía fama de ser una tirana con el control de su hogar, insistiendo en que su marido se desvistiera en el jardín delantero antes de entrar a la cocina, donde debía dejar su ropa en un balde con agua jabonosa para remover la peor parte de la mugre antes de hervirla. Incluso sus hijos sabían que no debían dejar ropa sucia en sus dormitorios y nunca se atreverían a jugar afuera con sus amigos hasta después de terminar su tarea y sus deberes diarios. La mayoría de los demás minero bromeaba diciendo que su esposa era el motivo por el que Blackie trabajaba tantas horas extra, pero él tomaba estos comentarios en broma y nunca decía nada negativo sobre ella. La verdad era que se enorgullecía de que su mejor mitad era diligente al mantener su hogar reluciente, aunque no le molestaría que fuera un poco menos fastidiosa.

Blackie no tenía un automóvil, no necesitaba uno. Los niños viajaban en autobús hacia la escuela o caminaban, dependiendo del clima, y él llegaba a su trabajo en quince minutos desde su hogar. Para él, todo lo que necesitaban estaba en el pueblo y lo que ocurriera en las afueras no era asunto suyo. Era natural que leyera el periódico y comentara los asuntos nacionales con sus amigos, pero la burbuja que era el mundo de Blackie era una bastante estrecha, justo como él quería. Iba al trabajo, volvía a casa, cenaba, veía la televisión y se iba a la cama. La rutina estaba establecida y era una satisfactoria, por lo que no cambiaba durante seis días a la semana. Sin embargo, el sétimo día era diferente.

En lugar de quedarse en cama en su día de descanso, Blackie Jenkins se levantaba a la hora usual, dejando a su esposa en cama, atendía las flores en las ventanas, pulía los zapatos de los niños para el siguiente día de escuela, despedía a su familia de camino hacia la iglesia luego de preparar el desayuno y luego tomaba un delantal y preparaba el mejor asado de domingo en todo el pueblo para su regreso, antes de desaparecer en la taberna por un par de pintas.

Era raro que el Reverendo Matthews tuviera contacto con el jefe de la familia Jenkins. Eran como barcos navegando en la noche, uno iba en una dirección en búsqueda de su trabajo y el otro aparecía a una hora del todo distinta para hacer algún mandado en el pueblo. No era intencional, pero el vicario sentía que el minero tenía el derecho de descansar durante su único día libre, por lo que ignoraba su ausencia en la iglesia. Por lo tanto, fue toda una sorpresa cuando Archie encontró a Blackie Jenkins sentado en un banco una noche, tan silencioso como un ratón. El hombre parecía estar rezando, sus hombros doblados y su cabeza inclinada, por lo que el vicario dio un gran giro y caminó de puntitas hacia el altar pegado a la pared este.

—Buenas noches, vicario —llamó el Sr. Jenkins—. No tiene por qué hacer silencio de mi parte.

—Buenas noches —replicó, girándose para ver al extraño—. Creí que estaba rezando, no quería molestarlo. No creo que nos hayamos conocido...

—Blackie Jenkins —aclaró el minero, levantándose para darle la mano al clérigo—. No soy un regular en la iglesia, verá, pero mi esposa viene todos los domingos con los niños, Jilly Jenkins.

—Sí, en efecto así es —masculló Archie con una sonrisa, descubriendo de repente con quién estaba hablando—. Recibí su ayuda con el Festival de la Cosecha la semana pasada, muy amable al ayudar con la decoración, la iglesia se veía espléndida.

—Es una buena —admitió el Sr. Jenkins—. Siempre piensa en los demás.

—Así es. —El vicario asintió con respeto—. Solo vine a decir una oración, por favor, continúe. —Señaló hacia la banca y unió sus manos.

—Oh, no —respondió Blackie, parecía sorprendido—. Vine a pensar, no a rezar. Mi tiempo para las oraciones ya pasó.

—Vamos —lo calmó Archie—. Nunca es demasiado tarde. Nuestro Señor siempre está listo para escuchar si lo dejamos.

El otro hombre se levantó, pensado en algo para decirle, pero no se le ocurrió nada, por lo que en su lugar sacó un gran pañuelo y se limpió la nariz, lo cual se convirtió en un pesado ataque de tos.

—¿Está bien, señor Jenkins? —preguntó el Reverendo Matthews, notando que la mano del minero temblaba un poco.

—Bien —contestó Blackie con una risa—. Solo es un resfriado.

—Si está seguro, tal vez debería pasar a ver al Dr. Evans.

El Sr. Jenkins negó con la cabeza.

—Malditos matasanos, no diferencian entre sus traseros y sus codos.

El vicario rio, avergonzado por la cruda risa del hombre, pero sin querer regañarlo tampoco.

—Bueno, le doy las buenas noches, entonces, señor Jenkins. ¿Tal vez vuelva por aquí en algún otro momento?

—Quizás —respondió Blackie encaminándose hacia la puerta—. Nunca se sabe.

Luego de este incidente, Archie estaba curioso por descubrir el motivo por el que el minero estaba en la iglesia esa noche. No sospechaba que fuera nada deshonesto, pero se preguntaba si el hombre necesitaba alguien con quien hablar. Por supuesto, siempre podía haber sido el despertar de alguna actividad extramatrimonial, usando la iglesia como punto de encuentro, pero lo dudaba en gran medida, el Sr. Jenkins no parecía el tipo. En lugar de dejarse distraer preguntándose sobre lo que ocurría, el vicario decidió averiguar un poco preguntándole a la esposa del minero, y qué mejor oportunidad que después de la misa del domingo.

—Señora Jenkins —saludó el Reverendo Matthews con una sonrisa, dándole la mano a Jilly mientras se iba, vestida con un traje de poliéster y un pañuelo de rayas—. ¿Cómo se encuentra su esposo?

—¿Mi esposo? —repitió—. Está bien, gracias, vicario. ¿Por qué pregunta?

Archie no se había preparado para una pregunta y se quedó con la boca abierta mientras ella hacía más preguntas.

—¿Lo ha visto estos últimos días? Es solo que no recuerdo que me haya dicho que se encontraron.

—No, no, —Archie se escuchó decir—. Es solo que me gusta preguntar por todos los feligreses.

Jilly Jenkins no parecía convencida e inclinó la cabeza hacia un lado.

—Le diré que preguntó por él, vicario.

Más tarde ese día, mientras se quitaba su sotana en la sacristía, el Reverendo Matthews se preguntó si había alborotado un panal de abejas lleno de problemas. Si Blackie Jenkins no le había contado a su esposa sobre su encuentro con el vicario, ella se preguntaría cómo se conocían y por qué su esposo no había dicho nada. ¿O no? Se preguntó a sí mismo. Tal vez la especie femenina no era tan complicada como creía, aunque no tenía mucha experiencia en cómo funcionaba la comunicación marital en situaciones como esta. Lo mejor era no preocuparse, concluyó el vicario, todo perderá importancia, pero si el Sr. Jenkins volvía a aparecer en la iglesia, entonces hablaría sobre los motivos por lo que no les había contado a su familia. ¿Quizás el pobre hombre estaba preocupado por algo? ¿Pero qué?

—¿Mayonesa de huevo o jamón? —preguntó la Sra. Fry desde su lugar frente al refrigerador.

—No me afecta, cualquiera —murmuró Archie, levantando la mirada del crucigrama por un momento.

—Oh, por cierto —continuó Elizabeth, deslizando un paquete de jamón sobre la encimera—. Martin lo vio ir a la iglesia tarde anoche, ¿no podía dormir?

El vicario levantó la mirada, sorprendido.

—Sin duda no era yo, no anoche. ¿Pudo haberse confundido?

—¡No! —bufó el ama de llaves—. Ya conoce a Martin, puede que haya tomado un par de pintas, pero sin duda vio a alguien. Solo asumió que era usted, supongo.

—Qué extraño —musitó Archie, bajando su lapicero—. Me pregunto quién sería.

—Apuesto que alguien que buscaba perdón por sus pecados —comentó la Sra. Fry con una risa mientras abría el contenedor del pan.

—O alguien sin buenas intenciones —murmuró el vicario.

Esa noche, luego de una siesta intranquila en el sofá y de no tener señales de que su mente se calmaría para la noche, en lugar de subir hacia su cama, Archie se abrigó y salió por la puerta trasera. Parecía que Hector había decidido acompañarlo en su paseo, por lo que pronto el hombre y el felino estaban caminando lado a lado por el camino de entrada. El vicario se preguntó lo qué pensarían los demás, en caso de que lo vieran, un clérigo solitario y su enorme gato negro vagando en la oscuridad, pero era poco probable que hubiese algún visitante en la vicaría a esta hora. No obstante, parecía que la iglesia era un asunto distinto y, cuando Archie abrió el portón para entrar al siniestro cementerio, vio a una figura cruzar las enormes puertas arqueadas. De no haber sido por la tenue luz de la linterna en el porche, podría haberse convencido de que estaba equivocado, pero la luz era suficiente para distinguir a un hombre de mediana edad con una oscura chaqueta y una gorra de tela. El vicario lo siguió, con cuidado de girar la perilla con gentileza para evitar hacer ruido. En cuanto entró, ajustó sus ojos a la oscuridad y se quedó observando a la figura encorvada en medio del pasillo. En segundos, la tos jadeante identificó al hombre como Blackie Jenkins.

—¿Señor Jenkins? —llamó Archie—. ¿Está bien?

—¡Maldición, vicario! —maldijo el hombre—. ¡Me dio un susto de muerte! ¡¿Qué hace aquí?!

—Podría hacerle la misma pregunta. Tiene una horrible tos.

Archie no tardó mucho en convencer a Blackie Jenkins de que lo acompañara de regreso a la vicaría, ofreciéndole una taza de té y unas galletas de jengibre y nueces. Hector los siguió obediente, para entretenimiento del Sr. Jenkins.

—Su gato, ¿no? —preguntó Blackie, acariciando el suave pelaje en la cabeza del felino—. Tiene un gran tamaño.

—Bueno, él me adoptó a mí, no al contrario —admitió el vicario, mirando con afecto al gato mientras este ronroneaba—. Aunque es una buena compañía.

—Jilly no acepta animales —confesó el minero—. Dice que tiene mucho que limpiar sin el pelaje de alguna mascota.

El Reverendo Matthews sospechó que el tema era un tema de discordia entre la pareja.

. . .

Una vez dentro, Archie se ocupó llenando la tetera y preguntándose cómo podría conseguir que el Sr. Jenkins se abriera sobre lo que había estado haciendo en la iglesia tan tarde durante la noche. Resultó ser que Blackie estaba preguntándose lo mismo.

—¿Le puedo preguntar algo, de hombre a hombre? —dijo Blackie Jenkins al final, sin apartar la mirada de Hector.

—Por supuesto —respondió el vicario—. Lo que sea que discutamos se quedará aquí, lo sabe, ¿no?

—Bueno —empezó Blackie dubitativo—. Como hombre de fe, ¿está obligado por la ley a mantener los secretos de las personas, ya sabe, si le dicen algo en confidencia?

Archie suspiró.

—Creo que me confunde con un sacerdote católico. Ellos son los que suelen escuchar las confesiones y dar consejo a sus feligreses.

—Oh… —farfulló Blackie, avergonzado por no saber la diferencia.

—Sin embargo —continuó Archie—. Nunca divulgo nada que alguien me haya contado en privado. Esa es la clase de hombre que soy, señor Jenkins.

Hizo una pausa, esperando que el hombre sentado a la mesa de la cocina se abriera.

—¿Señor Jenkins?

Blackie tomó la taza de té que le estaba ofreciendo y empezó a agregar cucharada tras cucharada de azúcar.

—Tal vez sea mejor que se siente, vicario, esto puede tardar un rato.

Archie sacó una silla y abrió el paquete de galletas.

—Soy todo oídos —afirmó.

Los dos hombres pasaron enfrascados en una conversación durante algunas horas y consumieron varias tazas de té. Era medianoche cuando el minero se levantó para irse, acariciando a Hector en la espalda mientras se levantaba.

—No le puede contar a nadie —advirtió Blackie—. Pero tengo la sensación de que puedo confiar en usted.

—Así es —prometió Archie, siguiéndolo hacia la puerta—. Solo desearía poder ayudar de alguna forma.

El Sr. Jenkins sacó su pañuelo con torpeza, tosiendo con fuerza y perdiendo el aliento por un tiempo.

—Estaré bien, solo me preocupo por la familia.

El vicario le dio un par de golpes suaves a su invitado en la espalda, tanto para ayudar a aliviar la tos como para consolarlo.

—Buenas noches, vicario —logró decir Blackie a través de sus jadeos—. Sin duda nos veremos pronto. Gracias.

Archie asintió.

—En cualquier momento.

La magnitud de los problemas de Blackie Jenkins tuvo un profundo efecto sobre el Reverendo Matthews, causando que durmiera menos de lo usual y que también pasara muchas solitarias horas encerrado en su estudio. Debido a su solemne promesa de no revelar las preocupaciones del minero a nadie más, Archie sentía como si tuviera un gran peso alrededor de su cuello, causando que cayera en un oscuro humor. Si tan solo hubiera alguna manera de aliviar la ansiedad del pobre hombre.

Archie siempre había sido un gran confidente, la clase de persona que podía tolerar escuchar los problemas de las demás personas, ya que sentía que su propia vida contenía más desdicha y estrés de la que cualquier humano podía soportar. Eso era, claro, hasta el momento en que Blackie Jenkins reveló su pesada carga. Ahora el vicario, con una mente benévola y pensamientos racionales, intentó encontrar el mejor curso de acción. Por desgracia, para ambos, el tiempo no estaba de su lado.

El vicario estaba sentado inmóvil, repitiendo la conversación con Blackie Jenkins en su mente. Una y otra vez, Archie intentaba recordar cada detalle con desesperación, y luego tomó notas sobre lo que necesitaba hacer cuando llegara el momento de actuar y ayudar. No iba a ser fácil, estaba seguro de eso, pero había ciertas cosas que necesitaba que el Sr. Jenkins hiciera antes de que fuera demasiado tarde, y una de esas era decirle a su esposa lo que ocurría. El vicario sabía que no sería fácil convencer a Blackie, pero tal vez, con un poco de persuasión, el minero podría ver que tenía la obligación moral de decirle a su compañera de vida sobre su terrible secreto. No obstante, Archie no quería ser quien le decía.

Unas pocas noches luego, sentado en la cocina de la vicaría bebiendo té, el vicario y el Sr. Jenkins conversaban sobre las consecuencias de revelar la verdad, aunque sus ideas estaban a kilómetros de distancia.

—Sin duda es más difícil explicar mi ausencia —admitió Blackie—. Jilly cree que tengo otra mujer, sin duda.

—Tendrá que contarle la verdad —le advirtió Archie—. Es justo.

—Es fácil para usted decirlo —bufó el minero—. Apuesto que no tiene preocupaciones de dinero, ¿no?

—Eso no tiene relación alguna con esto, Blackie —replicó, consciente de que usó el nombre del hombre para asegurar un cierto grado de confianza y amistad—. ¿Cuánto tiempo nos queda?

—¿Nos? —El Sr. Jenkins rio—. No se involucre en esto.

—Sabe a qué me refiero. —Archie suspiró, levantándose y abriendo la alacena—. ¿Le gustaría algo más fuerte?

Sacó una botella de whisky y dos vasos. Blackie Jenkins solo asintió.

Durante el servicio el domingo siguiente, el Reverendo Matthews de repente fue consciente de alguien observándolo. Era una extraña sensación, enviando escalofríos por su espalda. Escaneó la multitud, naturalmente vio todos los rostros mirándolo, pero un par de ojos estaban ampliamente abiertos y sin parpadear. Estos pertenecían a Jilly Jenkins. Sentada en la cuarta fila, con su largo cabello en un pulcro moño, el rostro de Jilly estaba casi tan rojo como la blusa que usaba. Tal era su comportamiento que el vicario falló en su lectura y tuvo que tomar un par de segundos para reestablecer sus pensamientos. Fue más tarde, mientras los feligreses charlaban en el exterior, que sintió la ira de la lengua de la Sra. Jenkins.

—Blackie llegó ebrio la noche del jueves —siseó, manteniendo su voz baja para evitar llamar la atención—. Dijo que ustedes estaban juntos.

—Sí —admitió el Reverendo Matthews—. Bebimos un poco, pero solo un par de whiskies. Le puedo asegurar que no fue suficiente como para que se embriagara.

—Mi marido nunca en su vida ha bebido una sola gota de alcohol —continuó Jilly—. Hasta que lo conoció.

Archie puso los ojos en blanco, consciente de que varios miembros de la congregación habían dejado de hablar y los estaba observando.

—Señora Jenkins, no tenía ni idea. No volverá a ocurrir —susurró sin fuerzas.

—Carol, Adam, vamos, es hora de regresar, —Jilly llamó a sus hijos, quienes se habían alejado para ver las antiguas tumbas—. Lo que sea que esté ocurriendo, vicario, necesito saberlo —agregó, bajando su voz—. Por el bien de mi matrimonio.

Archie intentó aparecer comprensivo, pero la mujer solo se giró y se alejó.

—¿Todo bien, vicario? —preguntó Martin Fry, caminando sobre la grava con sus zapatos de cuero.

Archie continuó observando a Jilly Jenkins.

—No estoy seguro, Martin, para nada.

Durante las siguientes semanas, Blackie Jenkins se volvió un visitante regular en la vicaría. Se había rendido con la iglesia, le dijo al vicario que al inicio iba ahí por la paz y el silencio, no por ninguna repentina urgencia por rezar. Además, no era un creyente, o al menos eso creía. Una noche la conversación tomó una nota más seria y tocó este tema.

—Entonces, cree que todos vamos y conocemos al creador luego de morir —declaró Blackie casual.

—Eso es lo que la Biblia nos enseña —replicó Archie—. ¿Lo pone en duda?

—No sé si creo en el cielo —admitió el minero, tomando un trago de té—. Tal vez no hay nada. Quizá solo nos extinguimos y no existe tal cosa como las almas.

—Eso es cínico —recalcó el vicario, eligiendo sus palabras con cuidado—. Pero dadas las circunstancias…

—No tengo miedo —contestó el Sr. Jenkins—. Solo quiero que mi familia esté bien.

Archie respiró hondo y cruzó sus brazos sobre el pecho.

—Blackie, ¿cuánto ha ahorrado?

El minero se frotó los ojos con el dorso de sus manos.

—Lo suficiente para un par de años —replicó al borde del llanto—. Pero no mucho más, además de mi pensión estándar.

—Tal vez pueda hablar con el Obispo —ofreció el Reverendo Matthews—. Hay centros de caridad que…

—¡No! —escupió el Sr. Jenkins, bastante adamante en que esto no era lo que quería—. Toda mi vida he trabajado duro. Cuidé a mis padres cuando mi papá ya no podía trabajar, puse comida sobre la mesa para nosotros seis. ¿Qué tengo para mostrar por todos esos años en la mina? ¡Nada más que el techo sobre nuestras cabezas! ¿Sabía que ni siquiera hemos ido de vacaciones en más de cinco años, vicario? ¡Siempre estoy en la maldita mina!

Al día siguiente, el Reverendo Matthews tomó una decisión. Iba a convencer a Blackie Jenkins de decirle la verdad a su esposa. Entre más tiempo continuaran con sus charlas en la cocina de la vicaría, hablando una y otra vez sobre las consecuencias de lo que iba a ocurrir, más sentía que la situación se estaba saliendo de control. La magnitud de guardar el secreto de alguien más empezaba a afectar la salud del vicario y otras personas estaban notándolo.

Elizabeth Fry fue la primera en mostrar su preocupación, mencionando, de forma casual durante el desayuno, que se veía cansado y retraído.

—Y otra cosa —lo regañó la Sra. Fry, preparando la tabla de planchado—. Sé que no ha estado durmiendo.

—¿En serio? —preguntó Archie incrédulo—. ¿Cómo llegó a esa conclusión?

—No sacó sus sábanas para que las lavara el lunes —bufó, señalándolo con su dedo—. Y sé lo molesto que es con que sus sábanas estén limpias.

—Culpable —comentó con un suspiro, levantando a

Hector en sus brazos——. Tenemos mucho en nuestras mentes, ¿cierto, amigo? ——Acarició a gato con cariño bajo su barbilla y lo volvió a dejar en el suelo.

——¿Por qué no me deja traerle un tónico? ——ofreció la Sra. Fry con amabilidad——. ¿Solo para ayudarlo a dormir?

——¿Qué tiene…? ——empezó Archie, pero luego cambio de idea——. Espere, de verdad no quiero saber, ¿cierto?

Elizabeth rio, su inocente e infantil risa, la que siempre causaba que su jefe sonriera.

——Se lo traeré durante la hora del té ——prometió.

Esa noche, luego de beber la mezcla de menta como le indicó su ama de llaves, el Reverendo Matthews durmió profundamente por ocho horas completas. Fue la primera vez en más de un mes que había logrado dormir de esa forma y, aparte de un extraño sueño con fantasmas y pistolas, se despertó sintiéndose fresco y positivo. Lo más importante era que una buena noche de sueño le enseño que, cuando algo lo molestaba hasta el punto de ser una distracción, se debía resolver la causa de la preocupación. En este caso, el problema era Blackie Jenkins y la carga de su secreto. Parecía que no había ninguna otra opción, sin poner en riesgo su propia salud y las cuestiones de la parroquia, Archie debía forzar al Sr. Jenkins a decirle a su esposa y, muy posiblemente, también a su jefe qué estaba ocurriendo. Por lo tanto, cuando el minero apareció en la vicaría esa noche, Archie estaba más que preparado para un combate verbal.

——¿Estamos de acuerdo, entonces? ——preguntó el vicario a su invitado, luego de haber hablado con él por más de una hora——. Lo haremos juntos, mañana en la noche, luego de que termine su trabajo.

Blackie Jenkins suspiró y empezó a toser, el aire raspaba su garganta mientras luchaba por controlarlo.

—Muy bien —logró decir con voz grave—. Llegué a nuestra casa a las siete.

—¿Hay algo que nos haga falta cubrir? —preguntó Archie—. ¿Algo que su esposa pueda preguntar?

El Sr. Jenkins negó con la cabeza.

—La mayoría de lo que querrá saber está en el informe del hospital —balbuceó, limpiando su boca con un pañuelo—. Aquí lo tengo.

Sacó un fino sobre blanco del bolsillo de su chaqueta y lo deslizó sobre la mesa hacia su compañero.

—Adelante —indicó Blackie—. Léalo.

Archie sacó los papeles y empezó a leer; cuando terminó se recostó en el respaldar y miró de cerca al hombre frente a él. Ahora podía ver los cambios, cómo en unas pocas semanas el minero había perdido un montón de peso, su rostro estaba pálido y la piel alrededor de su cuello estaba suelta y floja.

—Entonces sin duda es por el fumado —murmuró con un susurro—. No está relacionado con el polvo del carbón.

—Veinte Woodbines por día por más de treinta años —confirmó el otro hombre—. Cáncer infligido por mí mismo.

El vicario se giró para mirar hacia la oscura noche. Nunca se molestaba en cerrar las cortinas de la cocina y ahora las sombras de los árboles cercanos estaban bailando por el viento como demonios sin cabeza. Se levantó y sacó una botella de whisky.

—Oh, Blackie —comentó—. Por el bien de su familia habría sido mejor que su enfermedad hubiese sido causada por el trabajo, ¿no? Al menos así Jilly podría haber obtenido una compensación.

—Ni me lo diga —farfulló el Sr. Jenkins, apretando su mano en un puño—. Ahora no conseguirá nada y tendrá que escatimar y ahorrar por el resto de su vida.

Archie abrió la botella y su boca para empezar a hablar.

—Y no empiece a hablar sobre alguna caridad —advirtió Blackie—. Mi Jilly no lo aceptaría, es demasiado orgullosa.

—Muy bien —aceptó el vicario—. Ya veremos qué pasa cuando le digamos mañana.

Blackie Jenkins se levantó para irse.

—Muy bien. Será mejor que lo deje descansar, lo necesitará.

La tarde siguiente, a las cuatro de la tarde, luego de esperar a que Elizabeth se fuera, el Reverendo Matthews se puso su chaqueta y se preparó para caminar hasta el pueblo. Aún faltaba algo de tiempo para su cita en la casa de los Jenkins, pero Archie había planeado hacer algunos mandados antes y luego, según el tiempo, pasar a *The Swan* por una pinta para conseguir la valentía para enfrentar a Jilly. Justo cuando iba a cerrar la puerta trasera, vio un sobre blanco en la mesa, el mismo que Blackie Jenkins le había dado la noche anterior para que leyera. Archie metió el sobre en su bolsillo y se aseguró de que estuviera a salvo. La Sra. Jenkins necesitaría leer eso, pensó, para entender por completo la magnitud de lo que iban a decirle, que su esposo de veinticinco años solo tenía unos pocos meses de vida.

Era una mañana ventosa, el otoño arrancaba las hojas de los árboles y cambiaba todo de verde a marrón dorado; el vicario caminaba con fuerza por la colina, evitando con cuidado los rastros de lodo y los charcos. Detrás de él, la

iglesia se veía gris y sombría como siempre, y no podía
evitar pensar en un momento en el futuro próximo,
cuando cargarían el féretro de Blackie a través de las puertas. Esos eran los terribles pensamientos que llenaban la
mente de Archie esa tarde mientras se acercaba más y más
a las casas y tiendas en el valle, y no fue hasta que llegó a la
principal intersección que el vicario fue consciente del
pánico alrededor de él.

A la distancia sonaba una sirena, un horrible zumbido,
como una advertencia de un ataque durante la guerra. Las
personas estaban corriendo, el miedo llenaba sus ojos, sus
piernas los cargaban en carreras, todos corrían en la
misma dirección. Archie se quedó de pie, congelado en el
punto y observándolos moverse por la vía pública hacia la
mina de carbón. De repente se les unió, una chispa
ardiendo en su cerebro le decía lo que temía escuchar,
había habido un grave accidente en la mina.

Aglomerado en la entrada junto a la mayoría de los
adultos en el pueblo, el Reverendo Matthews esperaba
por las noticias. Parecía haber pandemonio en la boca de
la mina, los mineros corrían frenéticos de un lado a otro
mientras los jefes gritaban instrucciones. Podía ver la
firme figura de Ted Bennett, moviendo sus brazos y apresurándose a donde una enorme jaula de metal estaba
subiendo hacia la superficie. Hubo un horrible rugido
por debajo del suelo y los hombres gritaban por el
pánico. Archie se abrió camino a través de la multitud y
saltó sobre la cerca de madera, necesitaba ayudar, y
necesitaba saber qué tan malo había sido. Justo cuando
alcanzó a los hombres ennegrecidos de pie en la boca de
mina, se abrió la puerta de la jaula y salió un grupo de
mineros, jadeando y tosiendo, intentando llenar sus

pulmones con aire fresco. El vicario esperó conteniendo el aliento.

El Sr. Wheeler fue el primero en hablar, apoyándose contra una pila de desechos, sus manos apoyadas sobre sus rodillas.

—Todo el poso colapsó —siseó—. Uno de los pilares cedió.

—¿Hay alguien ahí abajo? —preguntó una voz llena de urgencia y miedo.

El hombre asintió y se quitó su casco de seguridad.

—Blackie está ahí abajo.

Archie se giró hacia el supervisor, quien estaba hincado junto al Sr. Wheeler.

—Tienen que sacarlo.

—Es demasiado tarde —replicó el minero—. Blackie sostuvo el peso para que todos pudiéramos salir, aguanto el peso sobre su espalda. Escuché la explosión justo cuando entramos a la jaula.

El Reverendo Matthews sintió un nudo en su garganta y se obligó a no llorar.

—¿No hay ninguna posibilidad…?

El Sr. Wheeler negó con la cabeza.

—Es imposible que haya sobrevivido a eso —graznó.

Mientras Archie abrazaba a Jilly Jenkins media hora después, respiraba con fuerza, intentando con desesperación mantenerse fuerte, pero sintiendo cómo se quebraba en el interior.

—Voy a ver cómo están los niños —afirmó la Sra. Jenkins entre lágrimas, apartándose del vicario—. Carol no ha dicho nada, solo se encerró en su cuarto.

Archie la vio irse y descubrió que esta era su oportunidad de salvar a la familia de Blackie de las durezas que había temido. Si los jefes no sabían sobre el cáncer del Sr. Jenkins, le darían el dinero completo a la viuda, creyendo que se había perdido una vida debido a la negligencia y problemas de seguridad en la mina.

Abrió la puerta de la estufa y vio las brasas arder en el interior, con cuidado sacó el informe del hospital de su chaqueta y lo tiró adentro, asegurándose de quemar todo rastro de evidencia por completo. Terminó su tarea justo cuando Jilly Jenkins regresó a la cocina.

—Entonces… —Aspiró por la nariz y secó sus ojos—. ¿Me contará qué era lo que hacía Blackie? Ya que él no puede decirme ahora.

Archie se encogió de hombros.

—Nada de qué preocuparse, solo algo de insomnio. Éramos dos almas sin sueño, hablábamos sobre cuestiones de la vida —mintió, intentando sonar sincero.

Jilly suspiró.

—Sabía que era un buen hombre. Mi Blackie era el mejor.

ONCE

Peter & Valerie Gould

¡Bang! ¡Bang!

Ahí estaba de nuevo, los familiares disparos que despertaban al Reverendo Matthews de su sueño por lo menos cuatro veces a la semana. Esta vez fue más tarde de lo usual, eran como las cinco y media de la mañana y, en lugar de intentar volverse a dormir, Archie se vistió y caminó hasta el pueblo para ver si Florence Wheeler necesitaba ayuda con sus entregas. El vicario no había ayudado a la pequeña mujer mucho durante los meses de verano, ya que había estado ocupado con los asuntos de la parroquia y luego con Blackie Jenkins, primero ayudando al pobre hombre a enfrentar su enfermedad incurable y luego consolando a Jilly mientras aceptaba la muerte de su esposo. Ahora, mientras caminaba con propósito hacia las cabañas adosadas, Archie pensó en los últimos diez meses, la duración de su puesto como vicario en este pueblo con sus peculiares ciudadanos. Sin duda había escuchado su ración de secretos desde que se mudó, eso era algo seguro, pero nada lo había molestado lo suficiente como para pedir que lo reubicaran. Mientras llamaba a la puerta de los Wheeler, Archie se preguntó si sentaría cabeza en algún momento.

—Oh, vaya sorpresa —saludó Florence con una sonrisa—. ¡No lo esperaba, vicario!

—Me desperté temprano, señora Wheeler, por lo que pensé en ayudarla —confesó el vicario.

—Eso sería asombroso. —La pequeña mujer sonrió y retrocedió por el pasillo—. Iré por las canastas en la cocina.

Un par de minutos después, con una canasta en cada brazo, el Reverendo Matthews caminaba lado a lado y conversaba con Florence Wheeler sobre su vida diaria y todo lo que ocurría en el pueblo.

—Aún no nos recuperamos de esa terrible explosión en la mina —confesó, negando con la cabeza—. Pobre Blackie, estaba en la flor de su vida.

El vicario asintió, mostrando que entendía el dolor que había recorrido este vecindario.

—Un buen hombre, solo lo llegué a conocer un par de meses atrás.

—No creía en ir a la iglesia… o en Dios, de hecho —comentó la mujer—. Aun así, hay de todo.

—¿A dónde vamos primero? —preguntó Archie, intentando cambiar el tema de conversación a algo más alegre.

La Sra. Wheeler sacó una lista de su abrigo y la desdobló.

—Veamos… Oh, sí, una hogaza y un pie de ciruela para Valerie Gould. Acaba de dar a luz a su sexto hijo, ¡solo un año entre cada uno! Esos dos se reproducen como conejos. ¡Pete necesita guardarlo en sus pantalones o comprar un televisor!

El vicario sofocó una risa, Florrie Wheeler sin duda no

se guardaba sus opiniones, pero su seco sentido del humor era un buen tónico a esa hora de la mañana.

—Seis hijos —repitió—. Cielos, debe tener las manos llenas. No creo recordar a la señora Gould o a su esposo, de hecho…

—Ella va a misa una vez cada dos meses —aclaró Florence—. Cuando su madre se viene a quedar, el resto del tiempo está demasiado ocupada corriendo detrás de los pequeños.

—Sí, bastante —contestó Archie, preguntándose qué clase de caos debía haber en la casa de los Gould con media docena de infantes con menos de siete años—. ¿Y el señor Gould, en qué trabaja?

—Tiene un restaurante de papas y pescado en la calle Lower —respondió—. Debe haber ido en algún momento.

El vicario pensó por un momento.

—Sabe, no puedo recordar cuándo fue la última vez que comí bacalao frito, pero sin duda no he comido desde que me mudé aquí.

—Eso ha de ser porque Elizabeth Fry lo ha consentido con pies y estofados —comentó la Sra. Wheeler con una risa—. Pero, en serio, debería probar el pescado con papas de Pete, es el mejor en kilómetros.

Caminaron un poco más antes de detenerse para hacer la primera entrega.

—No tardaré mucho —afirmó Florence, tomando un plato y una hogaza de una de las canastas—. Y gracias, vicario.

Cuando regreso a la vicaría un poco después, el Reverendo Matthews encontró a su ama de llaves entrando por la puerta trasera. No parecía sorprendida de ver que había salido tan temprano, solo caminó hacia la tetera para preparar la bebida.

—¿Elizabeth? —se aventuró el vicario, aún pensaba en Pete y Valerie Gould.

—¿Mmm? —murmuró ocupada con la tetera y las tazas.

—¿Usted y Martin comen pescado con papas?

La Sra. Fry dejó salir una fuerte risa y se giró.

—¿Qué clase de pregunta es esa? Por supuesto que sí, todos los viernes por la noche, es una tradición en nuestra casa.

—Oh, ya veo —replicó Archie, un poco sonrojado—. No sabía. Deberé comprar para mí alguna noche.

No fue sino hasta el siguiente sábado, cuando Elizabeth tomó su regular medio día libre para visitar a su hermana, que el vicario quedó solo para atender sus necesidades en la cocina. Por supuesto, había suficiente comida de donde elegir y pan para prepararse un emparedado, pero, ahora que estaba empezando a llegar el clima frío, que se requería algo caliente y sustancial. Fue entonces cuando, sentado en su estudio con un café ya frío, que Archie pensó en aventurarse en el pueblo para comprar pescado para su cena. No adoraba la idea de aventurarse en el pueblo esa fría y neblinosa tarde, pero al mirar a Hector acostado con la panza en dirección al fuego, el vicario se animó a sí mismo. El perezoso gato disfrutaría el bacalao tanto cómo él.

Eran las cinco de la tarde cuando el Reverendo Matthews llegó a la calle Lower y había una fila de clientes afuera del local esperando por su comida. Olió el aire en anticipación y su estómago rugió con fuerza. El vicario apretó su bufanda con un poco más de fuerza y se unió a la fila detrás de Bill Wheatly, quien estaba encantado de poder contarle historias sobre sus palomas de carreras al recién llegado. Archie sonreía en algunos puntos y emitía los sonidos correctos para hacer creer a Bill que estaba escuchando, hasta que la fila empezó a acortarse y pudo cruzar la puerta del local. De inmediato lo recibió una ola de aire cálido, el siseante sonido de las freidoras y el delicioso aroma de la comida frita. El vicario se movió hacia adelante detrás del Sr. Wheatley y miró a la comida en exhibición dentro de las vitrinas calentadas. Salchichas Saveloy, pies de carne, pasteles de pescado, papas con queso y pescado, mucho pescado frito.

—Hola, vicario —saludó una resonante voz masculina por sobre el sonido de las freidoras—. ¿Qué le ofrezco?

Archie tocó su collar de clérigo sin darse cuenta, se lo había puesto sin pensar esta mañana, las personas debían creer que nunca cambiaba entre ser un clérigo y un hombre normal.

—Buenas tardes —replicó, contemplando las opciones en el gran panel de plástico suspendido detrás del mostrador, y luego bajó la mirada hacia el mesero—. Me gustaría el bacalao con papas fritas, por favor.

—Ah, claro —murmuró Peter Gould, ya que era el dueño el que se estaba encargando de la orden del vicario—. ¿Puede esperar mientras preparo y frío todo fresco para usted?

—Oh, no es necesario —insistió Archie, señalando el pescado en la vitrina—. Uno de esos está bien.

—Si es lo mismo para usted, lo prepararé fresco, no me tardaré mucho. —Y antes de que el vicario pudiera replicar, el corpulento cuerpo de Peter Gould se apartó del mostrador y caminaba hacia el refrigerador.

El vicario miró alrededor. Las personas lo estaban

observando, preguntándose por qué estaba causando un retraso. Se sonrojó.

El dueño del local tardó más de lo anticipado en preparar la comida del Reverendo Matthews, pero por suerte la mayoría de las personas estaban más que felices de recibir el pescado que estaba freído en la unidad de calentamiento. Algunos comentaron que parecía innecesario que el Sr. Gould se hubiese molestado tanto solo por el vicario, pero la mayoría no estaban conscientes de lo que estaba sucediendo, solo se preguntaban si el clérigo tenía alguna dieta especial. Finalmente, el bacalao y las papas estuvieron listos, salados, cubiertos con vinagre y envueltos en las noticias del día anterior.

Archie contó el dinero y tomó el paquete del mostrador.

—Muchas gracias.

—De nada, vicario —replicó Peter Gould con una sonrisa, tomando las monedas con sus gruesos dedos—. Espero volverlo a ver. Tenga una buena noche.

De regreso a casa, con un plato vacío y un gato muy satisfecho, Archie llevó una taza de té a sus labios. Era posible que ese fuera el mejor pescado con papas que había comido, musitó, soplando el vapor del líquido con cuidado, sin duda por eso el local de Peter Gould era tan popular. Hector estaba acostado sobre el sofá al lado de su humano y empezó a limpiarse el rostro con su grande y peluda pata, el instinto felino le decía que debía limpiar sus bigotes después de comer la mitad de la porción del filete de bacalao. El vicario acarició la cabeza del gato, esta era una vida perfecta.

. . .

—¿Probó el pescado con papas? —preguntó la Sra. Fry el día siguiente luego de la misa mientras ella y Martin se iban.

—Sí, de hecho sí —admitió Archie—. Y fue bastante bueno.

—Espero que no lo haya compartido con ese gordo gato —bromeó Martin, moviendo sus llaves—. El pescado de Pete es bastante delicioso.

El vicario asintió y luego dijo:

—Aunque debo decir que me sorprendió que se molestara en cocinar un trozo fresco para mí cuando el local estaba tan ocupado.

—Oh, ¿se le acabó? —inquirió Elizabeth, sin entender a qué se refería.

—No, no, había pescado listo, pero insistió en preparar uno fresco solo por mí.

Martin le guiñó un ojo a su esposa y la empujó con el codo.

—Tratamiento especial, ¿entonces?

Archie rio con nervios, avergonzado por haberlo mencionado, pero la pareja ya se estaba poniendo sus abrigos y preparándose para irse, inconscientes de las mejillas sonrojadas del vicario.

Ya era noviembre y hora de que el Obispo Honeywell realizara su visita pre-Navidad a la parroquia. El Reverendo Matthews ansiaba tener algo de compañía en la vicaría y, como era usual, Elizabeth Fry había estado cocinando una amplia selección de bocadillos en anticipación de la visita del anciano. Se revisó el mecanismo para mantener la calefacción central funcionando y se encendieron las chimeneas en el estudio y la sala de estar, asegurando que el hogar del vicario se sentía cálido y acogedor. Cuando el Ford Cortina de Martin llegó, cargado con el

Obispo y su equipaje, Archie abrió la puerta delantera y le dio la bienvenida a su visitante.

—¡Mírate, hijo! —exclamó el Obispo Honeywell, poniendo sus manos en los hombros del hombre—. Lo más saludable que se ha visto en un tiempo, Archibald.

—Eso ha de ser por la comida de mi esposa —interrumpió Martin Fry, cargando una maleta marrón hacia el interior.

—De hecho —admitió Archie—. La señora Fry me cuida bastante bien.

—Bueno, conversemos sobre una taza de té —comentó el Obispo—. Pero primero debo ir y ver a Elizabeth.

El Reverendo Matthews vio al anciano escabullirse por el pasillo hacia la cocina, sabiendo que el ama de llaves ya estaría llenando la tetera y sirviendo el pastel, y no pudo evitar preguntarse qué clase de vínculo existía entre los dos, un par improbable de mejores amigos.

A las cuatro en punto, mientras los dos clérigos conversaban junto a la chimenea de la sala de estar, la Sra. Fry apareció en la puerta, su abrigo puesto, lista para irse.

—Martin y yo iremos a buscar pescado con papas para cenar, ¿les gustaría que les trajéramos? —ofreció.

El Obispo miró a Archie en anticipación.

—Suena como una buena idea, ¿no?

Archie buscó en su bolsillo por un billete de cinco libras, sabiendo que a su mentor nunca se le ocurriría ofrecer pagar.

—Aquí tiene, Elizabeth, y gracias.

—No, nosotros invitamos, en serio —replicó con una sonrisa—. Los veré como a las cinco y media.

El Obispo Honeywell chasqueó su lengua contra sus dientes.

—Ella le tiene mucho afecto, sabe.

—Bueno, yo… —El vicario se quedó sin habla—. Yo… debo decir que también me he encariñado bastante con ella.

—Solo no se sobrepase, hijo. Elizabeth Fry es una mujer muy complicada.

Mientras Archie estaba solo en la cocina, preparando los platos y cubiertos, y ponía mantequilla en el pan, se preguntó a qué se refería su Gracia sobre Elizabeth siendo complicada. De verdad esperaba que el anciano no estuviera sugiriendo que su relación era algo más que platónica; estaría mortificado si alguien, mucho menos el Obispo, pudiera creer tal cosa. Pero, mientras repasaba las palabras en su mente, la puerta se abrió y Martin Fry entró con su cena.

—Aquí tiene, que lo disfruten —dijo con una sonrisa, volviendo a salir tan rápido como llegó—. Elizabeth fue a servir nuestra comida, justo a tiempo para *"Z Cars"*.

El vicario gritó su agradecimiento a la figura que se estaba alejando y fue a buscar al Obispo, todas sus preocupaciones sobre su amistad con su ama de llaves desaparecieron de forma temporal.

—¿Ha comprado en ese local de pescado y papas antes? —preguntó el Obispo Honeywell, clavando su tenedor en la masa y frunciendo el ceño.

—Sí, una vez —admitió Archie, inclinándose para oler su trozo de pescado—. Pero debo admitir que el bacalao que comí la última vez no sabía así. Algo terroso, ¿no?

—Mmm —murmuró su compañía, usando sus dedos para sacar algo—. También bastante espinoso.

—Lo lamento tanto, me disculpo, su Gracia.

—No es su culpa, hijo —recalcó el Obispo, apartando su plato—. Tal vez deberíamos comer un trozo del pastel de Elizabeth en su lugar, ¿no?

El Reverendo Matthews limpió la vajilla, dejando un poco del pescado en el tazón de Hector, pero el gato solo lo olió con disgusto y se apartó.

—Cielos, esa no es una buena señal —bromeó el anciano—. Debe haber estado vencido.

Archie estaba consternado, no quería que el Obispo se fuera a la cama con hambre.

—¿Puedo darle algo más? Puedo preparar una tortilla de huevo si le gustaría.

El Obispo Honeywell rio y le dio golpecitos al asiento junto a él.

—Una rebanada de pastel está bien, luego venga a hablar sobre la congregación y sus secretos conmigo.

Archie cumplió y, tratando de no dejar nada por fuera, el par habló hasta entrada la noche.

—Elizabeth, ¿su pescado estaba bien? —preguntó el Reverendo Matthews a la mañana siguiente.

—Sí, para nada diferente a lo usual, ¿por qué? —confirmó, levantando la mirada de las medias que estaba zurciendo.

—Los nuestros sabían algo, bueno, terrosos —confesó—. Para nada como el bacalao que probé la vez anterior.

La mujer negó con la cabeza.

—Eso es raro, nunca antes había escuchado que alguien se quejara del pescado de Pete.

—El Obispo Honeywell estuvo de acuerdo conmigo

—presionó el vicario, buscando la afirmación de que no eran sus papilas gustativas.

El anciano levantó su mirada del crucigrama.

—También bastante espinoso —bufó.

Elizabeth rodó sus hombros y se estiró.

—Esos no son los estándares de Pete Gould para nada.

Mientras la semana avanzaba, el Reverendo Matthews se encontró inundado con llamadas y notas, preguntando sobre cuáles actividades estaban planeadas para Navidad o si sus hijos podían participar en la obra del nacimiento. Contestó cada petición con la promesa de realizar una reunión para decidir las celebraciones de la Iglesia, la cual se realizaría el sábado en la noche en la vicaría. Era fascinante para el vicario ver cómo las personas se emocionaban por los futuros eventos para los cuales aún faltaban semanas, pero Elizabeth, Florence y las demás mujeres del pueblo ya estaban trabajando preparando los planes y consiguiendo voluntarios para asegurar que las responsabilidades del clérigo coincidían con sus capacidades.

El Obispo Honeywell había decidido quedarse por un tiempo. Archie no sabía si era para evitar el peso de la soledad durante los meses de invierno o si era solo porque disfrutaba la comida de la Sra. Fry y la compañía del joven, pero estaba agradecido por la ayuda que el anciano ofrecía. La mayor parte de los días podía encontrar al Obispo sentado junto a la chimenea en el estudio, leyendo Dickens o Wilde, pero tan pronto como detectaba que la tetera estaba llena o escuchaba un paquete de galletas, salía en busca de un bocadillo. El vicario notó qué Elizabeth había cambiado su cocina regular para ajustarse al paladar del otro clérigo, cambiando los pesados estofados y pies de carne por comidas más suaves como quiches o pescado escalfado, sabiendo que sería mejor para la dentadura del Obispo. Estos sutiles cambios reforzaron la creencia de Archie de que el par tenían un vínculo bastante fuerte, algo que era más que una simple amistad. Nunca podría imaginar algo impropio entre los dos, eso sería absurdo, pero la forma en que Elizabeth tocaba el brazo del Obispo cuando hablaban y los susurros cuando estaban juntos lo preocupaban, algo no estaba bien, pero no tenía ni idea de qué era.

El sábado llegó y el Reverendo Matthews se encontró en un ruidoso grupo de mujer, todas tenían ideas contradictorias e intentaban llamar su atención. Se sentí incómodo y acalorado, a pesar de estar en su propia casa, pero mientras revisaba la habitación por apoyo, un fuerte aplauso hizo que el grupo cayera en silencio.

—Damas, damas, por favor —llamó el Obispo Honeywell—. Hay suficiente tiempo para que todas den su opinión, empezamos por tomar un vaso de jerez y brindemos por el nacimiento de Cristo.

Hubo un murmullo en el grupo mientras estiraban sus manos hacia los diminutos vasos que la Sra. Fry les estaba ofreciendo y de repente todo entró en calma.

El vicario tomó sorbos de su bebida y miró hacia el Obispo, quien le guiñó un ojo.

—No se preocupe, Archibald —susurró el anciano descarado—. Lo tengo bajo control.

Y así progresó la reunión, delegando tareas, preparando listas y tomando notas, todo bajo la vigilante organización del Obispo y, cuando al final terminó dos horas después, Archie se quedó sentado aturdido. Su mentor había realizado lo imposible, un programa de servicios y actividades apropiado para todas las edades con el total acuerdo del comité. Bajó la mirada hacia su propia lista, notó que le había quedado instigar los servicios de la iglesia y el canto de villancicos, las cosas en las que el vicario debería poder concentrarse. Archie le agradeció al Obispo y guio a las mujeres que quedaban rezagadas hacia la puerta.

—Le agradezco tanto —repitió—. En un inicio estaba aterrado.

—Mmm, eso supuse —comentó el Obispo Honeywell con una sonrisa—. Su última parroquia no era lo suficientemente grande como para tener festividades a esta escala, ¿cierto, hijo?

—Solo los servicios, sí —confesó Archie—. Y algo de acebo para decorar la iglesia.

—Bueno, este año va a sentir el amor y la calidez de su congregación —añadió el anciano con una sonrisa—. Una recompensa apropiada por todo este trabajo, ¿cierto?

—Bueno, sin duda he intentado encajar —admitió el vicario con timidez—. Pero aún queda mucho por hacer.

—Ya llegará ahí —prometió el Obispo, moviendo los cojines detrás de su espalda para estar más cómodo—. Puedo sentir un cambio, Archibald, un lado más suave.

El Reverendo Matthews se sonrojó.

—Oh, no sé sobre eso, su Gracia…

—Ahora —interrumpió su mentor—. Vaya a buscar pescado para la cena, tal vez esta vez será mejor.

Mientras Archie se acercaba al local de Peter Gould, pudo ver que la puerta estaba cerrada y que no había clientes dentro. Las luces seguían encendidas y, cuando vio a través del amplio panel de cristal, pudo detectar movimiento en el interior. Archie empujó la puerta, pero esta no se movió. Un letrero en el interior indicaba que la hora de cerrar era a las nueve; el vicario miró su relcj, el cual mostraba con claridad que había llegado diez minutos tarde. Una fornida figura con un delantal blanco empezó a caminar hacia él, era el dueño.

—Lo lamento, vicario —masculló Pete, abriendo la puerta—. Cerramos a las nueve, ¿venía en busca de la cena?

El Reverendo Matthews asintió.

—Sí, pero no importa. ¿Hay algo más abierto?

—Vamos —ofreció el Sr. Gould—. No me tomará ni un minuto encender la freidora de nuevo. —Y con eso se dirigió hacia el mostrador, dejando que el vicario cerrara la puerta detrás de él.

—En serio, no quiero ser un problema —farfulló, empezando a sentirse acalorado.

—Tonterías, acabo de cerrar —aclaró Peter con una sonrisa—. ¡Valerie me sacaría las entrañas si supiera que le rechace servicio a un hombre de fe! Ahora, ¿qué le gustaría, un pie tal vez?

Archie miró hacia la vitrina caliente frente a él. Había una gran pieza de pescado frito dentro, crujiente y dorada y más que suficiente para compartir con el Obispo.

—Si ese sigue caliente, llevaré bacalao y papas —dijo señalando la vitrina de vidrio.

Peter Gould dejo de girar las perillas de la freidora y levantó la mirada, tenía una expresión apenada en su rostro.

—Acaba de decir bacalao —verificó, frunciendo las cejas—. Ese pescado no es bacalao, si le soy sincero.

—Oh, ya veo —respondió el vicario con lentitud, un poco confundido—. Es solo que asumí que vendía bacalao y papas.

—Bueno… —confesó Pete—. Técnicamente, ofrecemos pescado y papas en el menú, nunca se especifica que es bacalao.

—¿Entonces qué tipo de pescado es? —presionó Archie, esperando que la respuesta fuera eglefino, platija o incluso merluza.

—Es lucio —bufó el dueño del local, inhalando con fuerza.

—¡Lucio! ¡Por todos los cielos, no puede vender lucio!

Peter Gould golpeó el mostrador con sus manos, su rostro tornándose rojo.

—Puedo vender lo que me dé la maldita gana, vicario, es un buen pescado como cualquier otro y nadie se queja.

Archie retrocedió, creando un espacio más amplio entre él y el hombre enfadado que lo miraba con ira y de repente se le ocurrió algo. La última vez que había comido pescado y papas de aquí, este sabía terroso y el Obispo se quejó de haber encontrado espinas.

—Mire —empezó, intentando tranquilizar al propietario—. Estoy seguro de que el lucio es un buen pescado, pero venderlo frito, en un local de pescado y papas, bueno, lo siento, señor Gould, pero no es ético.

Pete negó con la cabeza.

—No lo entiende, ¿cierto? El bacalao cuesta una maldita fortuna, las personas aquí no pagarían el precio real y tengo seis pequeños que alimentar, además de mi esposa y yo.

—¿Qué hay de los estándares del comercio? —preguntó Archie con calma, viendo que el color del hombre había reducido un poco—. Debe haber alguna clase de regulación que debe seguir.

Y así continuó la conversación, con el Reverendo Matthews intentando hacer que Peter Gould viera las implicaciones morales de lo que hacía, y el dueño presionando los asuntos financieros sobre el vicario. Luego de cinco minutos de discusión, ambos estaban lo suficientemente cansados como para pedir una tregua.

—Le diré una cosa —ofreció Pete, señalando el menú—. Si pongo "pescado local" en el letrero, ¿dejará el asunto en paz?

—¿Local? —escupió Archie—. Estamos a más de treinta kilómetros de un río.

—Por favor —rogó el otro hombre—. No puedo perder este lugar. Y tengo algunas piezas de bacalao en el congelador por si alguien pregunta, eso fue lo que cociné para usted hace unas semanas.

El vicario pensó en la deliciosa cena que había compartido con Hector y cedió un poco.

—Muy bien, pero si alguien pregunta qué clase de pescado vende, debe decirles —insistió.

Peter limpió un poco de sal en el mostrador y levantó la mirada.

—Trato. Ahora, bacalao y papas, ¿cierto?

—Sabe, señor Gould, ya no tengo hambre. Buenas noches.

El Reverendo Matthews abrió la puerta y salió a la helada noche de invierno. Ese había sido la primera confrontación que había tenido con un feligrés desde que había llegado al pueblo y se sentía angustiado por cómo algo tan trivial como un pescado podía molestarlo tanto. Se detuvo en una esquina y miró alrededor, todos estaban a salvo en sus hogares o disfrutando de una noche en la taberna con sus amigos. ¿Y dónde estaba él? Afuera en el helado frío, buscando la cena para su compañía de ochenta años y hasta con eso había fallado. *¿Qué demonios estoy haciendo con mi vida?*, se preguntó el vicario.

Mientras entraba por la puerta trasera de la vicaría, Archie entendió la verdad detrás de su frustración. No era su estilo de vida o el mundano ritual de realizar sus deberes parroquiales, era Elizabeth. Las emociones que había guardado en su interior eran erróneas, un hombre de la iglesia sin duda podría suprimir tales urgencias, se regañó con furia, pero no podía evitarlo; ella estaba ahí todos los días, atendiendo todas sus necesidades y con tal elegancia y alegría. Elizabeth Fry, casada y aun así tan exquisita.

—¿Nada de suerte? —preguntó el Obispo Honeywell, entrando en la cocina con su larga bata de tartán.

—Estaba cerrado —respondió el Reverendo Matthews—. Prepararé unas tostadas.

El anciano arrastró los pies sobre el suelo de linóleo, sus pantuflas producían un sonido chasqueante mientras se movía, para detenerse al lado de Archie, sus manos presionadas con fuerza en sus bolsillos.

—¿Qué ocurre, hijo? —preguntó—. Temo que carga un gran peso en los hombros.

El vicario se tensó, sin saber qué decir, pero sintió la necesidad de replicar; inclinó la cabeza y murmuró.

—Me temo que tengo emociones impropias por alguien.

—Ella tiene ese efecto sobre los hombres —reconoció el Obispo—. Estamos hablando de Elizabeth, ¿no?

Archie levantó la cabeza de golpe, encontrándose con la mirada del Obispo.

—¿Cómo lo supo?

—Oh, no es el primer hombre en caer ante sus encantos. El Reverendo Wilton-Hayes murió de un corazón roto porque no podía tenerla y entonces, claro, estaba su secreto.

—Su Gracia —soltó Archie, molesto y emocional—. Creo que no quiero saber.

—No, por supuesto que no, hijo, y es probable que eso sea lo mejor.

El Reverendo Matthews caminó hasta el fregadero y se sirvió un vaso de agua, se sentía agotado y su garganta estaba tan seca que su voz estaba ronca cuando logró hablar de nuevo.

—No está en el diario —murmuró—. Digo, el secreto de Elizabeth.

—¡¿Está seguro?! —recalcó el Obispo, sus rasgos mostraban una sorpresa genuina—. Necesito revisar.

Archie vio al anciano caminar por el pasillo hacia el estudio y esperó por media hora antes de seguirlo. No estaba muy preocupado, ya que sabía el verdadero lugar donde estaba oculto el misterio del ama de llaves.

El Obispo Honeywell devolvió el diario negro a su lugar en el estante superior y se frotó las cejas. Se veía preocupado.

—¿Está todo bien, su Gracia? —preguntó Archie, entrando en la habitación y cerrando la puerta.

—No, para nada —bufó el anciano—. Es lo opuesto de hecho. Me preguntó por qué el Reverendo Wilton-Hayes no mencionó nada sobre ella.

Archie apartó la silla una fracción y abrió el cajón.

—¿Qué hay de esto?

El Obispo miró el sobre marrón que su pupilo aferraba con fuerza.

—¿Es eso lo que creo que es?

El vicario afirmó que lo era.

—La última pieza del rompecabezas, si la quiere. El secreto de Elizabeth.

El anciano sacó un pañuelo y se secó la frente antes de hundirse en un sillón.

—Sabe, siempre podría destruirlo sin leerlo, hijo —susurró—. Por el bien de ella.

Archie guardó el documento en el cajón y lo cerró con llave.

—Está a salvo aquí, por ahora.

—Si lo lee... —empezó el Obispo Honeywell, su respiración acelerada.

—Lo encontré esta mañana —replicó el vicario con un suspiro—. Y SI lo leo, será el primero en saber.

El Obispo Honeywell bufó.

—Ella es una buena mujer, no hay nadie mejor para cuidarlo aquí, ¿por qué arruinar lo que ya tiene?

—Sin duda no puede ser tan malo —recalcó Archie, mirando al anciano hacer una mueca. Y luego se le ocurrió algo de repente—. Cielos, ya lo sabe, ¿no?

El Obispo tragó con fuerza e inclinó la cabeza hacia atrás sobre el respaldar de la silla, su rostro estaba grisáceo y se veía mucho más viejo que unos pocos minutos atrás.

—¿Cómo podría saber, Archibald? —gruñó—. No es nada más que una sospecha, eso es todo.

—¿Y el sobre? —presionó Archie, necesitando más información—. ¿Quién escondió eso en el escritorio?

El Obispo Honeywell negó con la cabeza.

—Sabía que el Reverendo Wilton-Hayes lo había puesto en algún lugar, pero esperaba encontrarlo antes que usted. Archibald, se lo imploro, por favor, destrúyalo.

El vicario negó con la cabeza.

—Aún no, hablaremos más en la mañana, su Gracia.

DOCE

Elizabeth Fry

—¡¡¡Archieeeeeeee!!! —gritó Elizabeth—. Venga, rápido.

Tan pronto como escuchó la aguda voz llamándolo, el Reverendo Matthews dejó de abotonarse su camisa y corrió escaleras abajo, bajando los escalones de dos en dos. Sabía que solo eran unos minutos después de las nueve, por lo que el ama de llaves debía acabar de llegar, era un poco temprano para estarlo regañando por no haber lavado los platos de la cena. El vicario derrapó por el pasillo, sus medias no le daban agarre sobre la superficie pulida, mientras se dirigía hacia la cocina. Sin importar cuál fuera el problema, Archie no estaba preparado para la escena ante él. La Sra. Fry estaba encorvada sobre el cuerpo del Obispo Honeywell, tocando la frente del anciano y susurrando para él.

—Oh, gracias a Dios —consiguió decir—. Creo que tuvo un derrame.

—¿Ya llamó a una ambulancia? —demandó Archie, inclinándose para ayudar.

—Sí, por supuesto —lloró Elizabeth—. Debería llegar pronto, pobre hombre, me pregunto cuánto tiempo lleva aquí solo. —Levantó la mirada hacia el vicario, esperando una respuesta, pero Archie no sabía.

Luego de la discusión de la noche anterior, el Obispo se había ido a la cama, dejando que el vicario acabara con media botella de whisky escocés antes de acostarse, por lo que se levantó tan tarde esa mañana.

—Puedo escuchar una sirena —anunció, enderezándose para ver por la ventana—. Voy a abrir la puerta.

Archie y Elizabeth viajaron en la parte trasera de la ambulancia con el Obispo. Por suerte estaba consciente, pero tenía una parálisis en un lado de su rostro y era incapaz de hablar. Mientras estaba acostado en la camilla, asistido por un paramédico, el anciano miró con lentitud hacia el vicario con lágrimas en sus ojos.

—Estará bien —pronunció el Reverendo Matthews, sin creer en sus propias palabras debido a la edad del hombre y su pobre salud—. Ya llegamos. Elizabeth y yo estaremos aquí.

—¿Podría sentarse y ponerse el cinturón, por favor, vicario? —pidió con amabilidad el asistente médico—. Será un viaje agitado hasta el hospital desde aquí.

Elizabeth colocó su mano en la parte interna del codo de Archie y lloró, una gran lágrima caía sobre su base perfectamente aplicada.

—Tal vez deberíamos decir una oración —susurró.

Sentado junto a la cama del Obispo, viendo a su mentor dormir, el Reverendo Matthews reflexionó sobre el diálogo de la noche anterior y se preguntó si había contribuido al derrame. Sabía que el estrés era un posible factor y se culpaba por haber presionado al Obispo Honeywell por respuestas. Archie puso su mano sobre el bolsillo en su pecho donde estaba el sobre con el secreto de Elizabeth

Fry. No había querido dejarlo en el escritorio, por temor a que el anciano lo destruyera y entonces Archie nunca sabría lo que había en el interior. Miró hacia la cama consternado.

—Lo siento tanto, su Gracia —murmuró en voz baja—. Es mi culpa.

—¿Por qué es su culpa? —demandó Elizabeth, entrando en la habitación con dos vasos de plástico con café, su rostro se suavizó ante la evidente angustia del vicario—. No puede culparse por esto.

Archie pensó en algo con rapidez, una mentira saltó a sus labios de inmediato.

—Lo dejé tomar mucha responsabilidad con los preparativos para Navidad. Debió haber sido demasiado para él.

—Tonterías —recalcó el ama de llaves, dándole una de las tazas y luego sentándose en el lado opuesto de la cama del Obispo—. No lo había visto tan feliz en un largo tiempo.

El vicario no estaba convencido, pero se quedó en silencio, concentrándose en la bebida caliente en su mano.

Por desgracia, el Obispo Honeywell nunca recuperó la habilidad de hablar, pero lograba comunicarse con sus visitantes mediante una libreta y un lápiz, distribuyendo una lista de libros que quería que le trajeran al hospital y escribiendo preguntas para que el Reverendo Matthews le contestara durante su tiempo junto a su cama. Elizabeth había preparado un programa rotatorio para asegurar que alguien visitaba al Obispo cada tarde y noche, y Archie se encontró a solas en la vicaría más a menudo, ya que la Sra. Fry tomaba el turno alterno al suyo. No le molestaba; de hecho, el tiempo aparte le dio una nueva perspectiva sobre sus sentimientos hacia ella y fue más fácil aceptar que desliz momentáneo había sido tanto inmoral y no recíproco.

Durante sus visitas al hospital, era casi como si el Obispo hubiese olvidado por completo sobre el sobre que le había causado tanta preocupación. O no recordaba el incidente en el estudio o había elegido olvidarlo, barriendo el asunto fuera de su mente. El Reverendo Matthews estaba animado de distintas maneras, en gran medida porqué el Obispo Honeywell parecía haberle restado importancia a la confesión de Archie sobre sus sentimientos por Elizabeth Fry y no mostraba señal de que recordara la confesión del otro hombre. Al menos ahora no habría oportunidad de que el ama de llaves se enterara de cómo se sentía él por ella, lo cual habría causado que renunciara a su puesto en la Iglesia.

Pasaron unas pocas semanas y la Navidad se acercaba más y más. El pueblo era un panal de actividad, con brillantes luces encendidas en las calles, ventanas cubiertas con nieve falsa decorativa que venía en latas y, sobre todo, las conversaciones. No era el rugido usual de voces en conversación, sino una charla alegre, feliz, de personas realizando planes, emocionándose y corriendo de un lado a otro en anticipación por las reuniones familiares el Día de Navidad.

El Reverendo Matthews había arrastrado un viejo árbol navideño fuera del ático y había desempolvado docenas de adornos que venían con este, esperando iluminar el pasillo de la vicaría con una alegría festiva para todos los que entraran. Sin embargo, a pesar del ajetreo de las preparaciones y el constante flujo de visitantes en diciembre, extrañaba la compañía del Obispo Honeywell para compartir las celebraciones. Los doctores había prometido que si el Obispo mejoraba lo suficiente, le confiarían el cuidado al vicario por unos cuantos días, siempre que prometiera no realizar ningún esfuerzo y que descansara bastante. No obstante, tres días antes de Navidad todo eso cambió.

Eran las cuatro en punto y el vicario estaba sentado leyendo su sermón para la Noche Buena cuando de repente se le ocurrió que había dejado su libro personal de himnos en la sacristía unos días antes. Como esta era una misa tan importante, quería que todo estuviese organizado con precisión y necesitaba darle a Elizabeth los himnos elegidos el día siguiente para que tuviera tiempo suficiente para practicar en el órgano de la iglesia. Por lo tanto, se puso su chaqueta y caminó por el camino a través del portón que conectaba con el cementerio y entró a la silenciosa y fría iglesia. No planeaba quedarse por mucho rato, era una noche demasiado fría para eso y la nieve había empezado a caer en el exterior, por lo que se dirigió directo hacia la sacristía para recuperar su libro de cánticos.

Adentro estaba a oscuras, solo había un tenue bombillo colgando del techo y le tomó unos minutos a Archie ubicar lo que había venido a buscar. Cuando levantó el libro y se giró para irse a oscuras, el vicario tiró el perchero por accidente con un gran estruendo. Era pesado y molesto, pero solo tenía una chaqueta suya, por lo que Archie logró levantarlo en segundos de nuevo. Fue cuando lo puso donde pertenecía junto a la puerta que notó que algo se había caído de uno de los bolsillos de la chaqueta. Se inclinó para tomarlo entre sus dedos y de inmediato sintió una presión en su estómago. Era el secreto de Elizabeth oculto en un simple sobre marrón; no tenía nada más que su nombre escrito en el frente con la letra casi ilegible del Reverendo Wilton-Hayes. Archie abrió la puerta de la sacristía e inhaló con fuerza. Podía encender una candela y quemarlo o podía sentarse, leerlo y enfrentar las consecuencias. El vicario se sentó y abrió el sobre.

Sintiendo sorpresa y repulsión, el Reverendo Matthews cerró sus ojos, intentando con desesperación bloquear el mundo. El vicario estaba consciente de que sus manos estaban temblando, pero lo hacían por cuenta propia y no intentó controlarlas. Una parte de él estaba enfadada, molesta ante sí mismo e incluso más contra el Obispo, pero en mayor medida sentía una obsesiva compulsión de deshacerse de todo lo que lo conectaba a Elizabeth Fry, cada camisa que había tocado y cada media que había zurcido. También lo había tocado a él, el extraño toque en el brazo, la fricción en los hombros o los juegos con su cabello, junto con las bromas mientras lo hacía. Tal vez todas las señales estaban ahí, pensó Archie, el juguetón brillo en sus ojos que inocentemente había confundido por amistad, sus blusas eran más translúcidas en ocasiones con la ropa interior de encaje asomándose entre los agujeros de los botones apretados sobre su pecho y la forma seductora en que acomodaba su cabello sobre el collar de su abrigo. Estas pistas eran verdaderas, pensó, no un invento de su imaginación, señales que habían estado ahí todo el tiempo. Elizabeth Fry, esposa, ama de llaves, amiga y dueña de un burdel.

Para la Noche Buena, la tensión en la vicaría era tan precaria que el vicario no podía tolerar estar en la misma habitación que la Sra. Fry. Si ella entraba, él salía. Si ella le preparaba una bebida o algo para comer, él dejaba que se enfriara y se preparaba algo luego de que ella se fuera a casa. Cuando necesitaba comunicarse o se encontraba acorralado por el ama de llaves, Archie fingía estar enfermo y llevaba un pañuelo a su rostro para ocultar su vergüenza. Elizabeth, sin embargo, era bastante astuta y su intuición femenina le dijo que lo confrontara.

—Dígame —demandó, entrando de golpe en el estudio del vicario mientras él escribía una carta esa tarde—. Quiero saber qué ocurre.

—No sé de qué habla, señora Fry —farfulló, con su mirada fija sobre su libreta azul.

—¿En serio? —continuó, cerrando la puerta—. Nunca creí ver el día en que diría una mentira de frente.

Archie sintió sus orejas arder y la sensación pronto se movió hacia sus mejillas. Tapó la pluma y levantó la mirada hacia la enfadada mujer frente a él. Elizabeth se veía más radiante que nunca, su rostro estaba iluminado con furia y determinación. Se miraron a los ojos, ninguno apartó la mirada hasta que el vicario finalmente abrió el cajón y sacó el aterrador sobre marrón. Lo tiró sobre el escritorio y lo señaló, sin apartar la mirada de Elizabeth.

—Véalo usted misma —comentó sardónico—. El Reverendo Wilton-Hayes me dejó una carta con toda la información faltante sobre su colorido pasado, señora Fry. Me pregunto, ¿su esposo sabe que en algún momento fue la madame más notoria del pueblo?

De repente sonó el timbre y Elizabeth, inquebrantable y recatada, dejó la habitación para abrir la puerta. El vicario la siguió, determinado por deshacerse del visitante y terminar de confrontar a su ama de llaves de una vez por todas. Ya estaba molesto y maldecía mientras caminaba por el pasillo.

Ramera, trabajando para un hombre de Dios. ¡Inmunda mujerzuela, sentada en la iglesia, tocando los himnos en el órgano! ¡Cómo se atreve!

Siguió a la figura distante de la Sra. Fry hacia la puerta, notando sus pantalones ajustados a su figura y su blusa de chifón hasta que no pudo caminar más y ella abrió la gran puerta.

El Obispo Honeywell estaba de pie sonriendo a sus amigos, ayudado por un conductor de ambulancia que sujetaba el brazo del anciano con una mano y cargaba su maleta con firmeza en la otra.

—¿Olvidaron que el Obispo llegaría hoy? —preguntó el joven oficial médico, mirando de uno a otro entre los rostros sorprendidos en el umbral de la vicaría—. Aunque solo hasta el día después de Navidad, volveré para buscarlo en algún momento durante la tarde. ¿Está todo bien, vicario?

El Reverendo Matthews se adelantó y tomó el brazo del Obispo Honeywell, dejando que el joven llevara el equipaje hasta el pasillo.

—Sí, sí, por supuesto —farfulló.

El Obispo arrastró sus pies hacia adelante, con un progreso bastante lento y parecía estar sin aire para cuando llegaron a la sala de estar, donde se iluminó al ver el fuego ardiendo en la chimenea.

Elizabeth se movió hacia la parte trasera del sofá, acomodando los cojines y ayudando al anciano a sentarse, todo el tiempo lanzándole una mirada a Archie por sobre la cabeza del Obispo.

—Cocina, ahora —siseó, apretando sus dientes y luego agregó para el Obispo—. ¿Té?

El Obispo Honeywell asintió como pudo y el lado de su rostro libre de parálisis produjo una media sonrisa en reconocimiento de su amable y querida amiga Elizabeth.

Archie apretó la mano buena de su mentor y levantó un dedo.

—Volveré en un minuto.

El vicario intentó con desesperación controlar sus pensamientos y siguió al ama de llaves hacia la parte trasera de la casa, temiendo la confrontación, pero sabiendo que era inevitable.

—¿Cuál demonios es el problema? —preguntó Elizabeth con arrogancia, levantando las cejas y esperando con calma.

—¿Mi problema? —repitió Archie—. Tengo a una prostituta, sin mi conocimiento, trabajando en mi hogar, alguien que sin duda ha vivido de ganancias inmorales, ¡y quiere saber cuál es mi problema!

El ama de llaves rio, mostrando sus perfectos dientes blancos y perfectos labios pintados.

—Fue hace más de veinte años —bufó—. Todo era diferente luego de la guerra, las personas se ganaban la vida como podían. La mujer que era en ese entonces no es la mujer que soy ahora.

—Y no tenía ningún reparo en ocultármelo —continuó el vicario—. O del Obispo Honeywell.

Elizabeth se frotó una mejilla y dudó.

—No creí que necesitara saber, además…

De repente se le ocurrió. ¡El Obispo lo sabía desde el inicio!

—Él lo sabía, ¡¿no?! —gritó Archie, incapaz de mantener su voz calma—. El Obispo Honeywell lo sabía.

—Bueno, sí —admitió la mujer, dejándose caer en una silla—. Por supuesto que lo sabía.

—¡Y él le permite a la iglesia pagar su salario!

—Bueno, no —corrigió Elizabeth—. Eso no es del todo verdad. Se acordó que solo recibiría un pago simbólico de los fondos de la parroquia, el Obispo me paga el resto por servicios prestados.

Archie puso los ojos en blanco con desconfianza.

—Vea, solo intentemos superar los siguientes días por el bien del Obispo —siseó la Sra. Fry, apoyándose sobre la mesa hacia el vicario——. Cuando él se vaya, me puede despedir o hacer lo que crea apropiado.

El Reverendo Matthews suspiró, su mente iba a mil por hora, pero inevitablemente estuvo de acuerdo y murmuró un renuente:

—Sí.

Se lo debía al Obispo, pasar la que podría ser su última Navidad en paz y, además, era demasiado tarde para pedirle a Florence Wheeler que tocara el órgano en el servicio de esa noche. Sí, una interrupción mínima, eso era lo que necesitaba justo en ese momento hasta que descubriera cuál era el mejor camino por seguir. Archie le lanzó una última mirada al ama de llaves y regresó a su invitado en la sala de estar.

El Obispo Honeywell estaba dormido, un fino hilo de saliva caía desde su boca abierta hasta el cojín bajo su cabeza y, al ver al anciano en un estado tan indefenso, el Reverendo Matthews supo que unos días más no harían ninguna diferencia. Aunque debía estipular que Elizabeth mantuviera sus deberes al mínimo y solo atendiera las necesidades del Obispo. No las suyas; oh, no, no dejaría que una ramera lavara su ropa interior y planchara sus camisas. Sintió un escalofrío, no pretendía sentirse tan objetable, pero la sensación estaba ahí y casi no podía creer que Elizabeth era la única mujer a la que había amado de verdad.

Epílogo

Elizabeth Fry miró a través del agujero para la llave en la puerta del baño, donde el Reverendo Matthews se daba un baño hasta los hombros en la tina llena de agua jabonosa. Automáticamente apartó la mirada cuando él se puso de pie, intentando ser discreta, pero luego recordó que nadie podía verla, por lo que volvió a su posición. El musculoso vicario se giró, secándose lentamente con una toalla caliente y fue entonces cuando vio las profundas cicatrices en su espalda. El ama de llaves jadeó, su mano apretada con fuerza contra su boca, para no dejar salir ningún ruido, pero no era necesario preocuparse, el clérigo no podía escuchar nada sobre el gorgoteo del agua drenándose de la tina. Elizabeth esperó hasta que el hombre tomó su bata y entonces bajó las escaleras en silencio.

Archie tuvo problemas anudando su bata y luego abrió la puerta hacia su habitación. Estaba cansado, más cansado de lo que recordaba haber estado antes. Se vio a sí mismo en el espejo de la cómoda mientras pasaba una mano sobre sus ojos, estaban rojos y sus párpados estaban pesados por la falta de sueño. Dobló lo que quedaba de sus camisas y las metió en la pesada maleta de cuero, el vicario miró alrededor por sus posesiones. No había mucho que mostrara los casi doce meses de residencia, pensó, mientras escaneaba los cajones. Su mirada cayó sobre la fotografía junto a su cama. Dos jóvenes le devolvieron la sonrisa, uno era un año más joven que el otro, ambos tenían una maraña de cabello rubio y ambos tenían fuego en sus almas. La tomó y, con gentileza, guardó el marco de plata entre un par de abrigos, acariciando el cristal con cariño en el proceso.

El Obispo Honeywell temblaba mientras llevaba otra cucharada de sopa hacia sus labios. La mayor parte se derramó sobre sus pantalones y maldijo bajo su aliento, preguntándose dónde estaba Elizabeth y por qué se tardaba tanto. Eventualmente apareció. Para el anciano se sintió como horas, pero solo se había ido unos cuantos minutos. Esperaba que hubiese sido suficiente para convencer a Archie de quedarse. Mientras el Obispo inclinaba la cabeza al escuchar las pisadas del ama de llaves, ella deslizó un brazo sobre sus hombros y negó con la cabeza. Él gruñó, desalentado por su fracaso y preguntándose si lo había intentado de verdad. La cuchara resonó contra el plato de porcelana y el Obispo Honeywell golpeó la bandeja para llamar la atención de la mujer.

—¿Qué pasa? —susurró Elizabeth—. ¿Qué ocurre?

—Mumf —masculló el anciano, incapaz de formas las palabras—. Mm, mumf.

La Sra. Fry bajó la mirada hacia la temblorosa mano con dedos como garras mientras estos tiraban de un bolsillo. El obispo logró asentir y se recostó exhausto mientras ella bajaba la mano y sacaba la nota en el interior.

En un inicio le costó descifrar la complicada caligrafía

del Obispo Honeywell, el derrame le arrebato sus habilidades ambidiestras y lo dejó con la habitación de escribir pocas letras. Elizabeth llevó el trozo de papel hacia la ventana esperando poder descifrarlo más rápido.

—Archibald Matthews —leyó, mirando hacia el anciano—. Distinguido veterano de la Segunda Guerra Mundial, Sacerdote Militar, baja médica total en 1943 debido a graves heridas de metralla recibidas en el campo de batalla. Cabe recalcar que el Reverendo Matthews perdió a su propio hermano durante este conflicto, pero se cree que pudo administrar los últimos deseos a Reginald Matthews antes de su muerte.

Elizabeth jadeó, pobre Archie.

Martin Fry estaba sentado afuera en su Ford Cortina, esperando a que el vicario saliera con su equipaje. Así no era como había planeado pasar el Año Nuevo, pero Elizabeth le había explicado que el Reverendo Matthews era incapaz de aceptar su pasado. A Martin no le molestaba, él la amaba y el pasado era el pasado. Era gracioso cómo algunas personas no podían dejarlo ir, pensó mientras aspiraba con fuerza de su cigarrillo.

Archie cargó su maleta escaleras abajo hacia el pasillo, mirando a la amplia extensión de la vicaría por una última vez. Sin duda extrañaría esta congregación, el Obispo y Elizabeth Fry, pero nada evitaría que se fuera, ni siquiera su amado Hector. Como si le hubiese leído el pensamiento al vicario, el enorme felino apareció por la esquina, estirando su gran cuerpo antes de restregarse contra las piernas del vicario. Archie acarició la cabeza del gato y sintió un agudo dolor en su espalda cuando se inclinó.

Nada había cambiado. Había llegado a este lugar lleno de pesadillas y sufrimiento, tanto físico como mental, y se lo llevaría todo consigo mismo de nuevo. Las noches de despertarse ante el sonido de disparos, ecos de una guerra que luchaba por olvidar, eran tan realistas ahora como siempre lo habían sido y todavía cargaba con las cicatrices que lo probaban.

Elizabeth corrió hacia la puerta, comprendiendo que esta era su última oportunidad para rogarle a Archie que se quedara. No podía soportar la idea de no volverlo a ver, pero el automóvil desapareció en un segundo, en dirección a la estación donde el Reverendo Matthews desaparecería hacia otro pueblo y otra congregación.

Lightning Source UK Ltd.
Milton Keynes UK
UKHW020356100821
388593UK00009B/707/J

9 781034 430971